劇場版

鬼滅の刃《きめつのやいば》

無限列車編

JUMP j BOOKS

劇場版

鬼滅の刃《きめつのやいば》
無限列車編
ノベライズ

原作 吾《ご》峠《とうげ》呼《こ》世《よ》晴《はる》

小説 矢《や》島《じま》綾《あや》

脚本 ufotable《ユーフォーテーブル》

人物紹介

竈《か》門《まど》炭《たん》治《じ》郎《ろう》

妹を救い、家族の仇討《かたきう》ちを目指す、心優しい少年。鬼や相手の急所などの〝匂《にお》い〟を嗅《か》ぎ分けることができる。

竈《か》門《まど》禰《ね》豆《ず》子《こ》

炭治郎の妹。鬼に襲《おそ》われ、鬼になってしまうが、他の鬼とは違い、人である炭治郎を守るよう動く。

我《あが》妻《つま》善《ぜん》逸《いつ》

炭治郎の同期。普段は臆病《おくびょう》だが、眠ると本来の力を発揮する。

嘴《はし》平《びら》伊《い》之《の》助《すけ》
炭治郎の同期。猪《いのしし》の毛皮を被っており、とても好戦的。
煉《れん》獄《ごく》杏《きょう》寿《じゅ》郎《ろう》
鬼殺隊の〝柱〟の一人。〝炎《ほのお》の呼《こ》吸《きゅう》〟を使う明るい性格の剣士。
下《か》弦《げん》の壱《いち》魘《えん》夢《む》
十《じゅう》二《に》鬼《き》月《づき》の一人。鬼《き》舞《ぶ》辻《つじ》に心酔し、新たな力を得て炭治郎たちを狙う。

劇場版

鬼滅の刃《きめつのやいば》 無限列車編

ノベライズ

目次

序章

森の奥深く――。

青々と生い茂る木々の合間にたくさんの墓石《ぼせき》が並んでいる。

産屋敷《うぶやしき》耀哉《かがや》は妻・あまねに支えられながら墓地を歩いていた。比較的新しい墓石もあれば、古い時代のものもある。それらすべてが、千年に及ぶ鬼と人の苛烈《かれつ》な戦いを物語っていた。

「健一《けんいち》、秀樹《ひでき》、実《みのる》、正雄《まさお》、進《すすむ》、勇太《ゆうた》、八一《やいち》」

一つ一つの墓石に刻まれた名前を、悼《いた》むように、愛《いと》おしむように呼ぶ。

皆、志半ばで散っていった隊士たちだ。

そのすべての名を耀哉は覚えている。片時も忘れたことはない。

「豊明《とよあき》、功《いさお》、良介《りょうすけ》、幸男《ゆきお》、孝弘《たかひろ》………うっ……」

胸を押さえ、耀哉が足を止める。

あまねが気づかわしげに夫を見上げる。

二人の他、人けのない墓地はひどく静かだった。木々が風にしなる音とともに、どこからともなく虫の音《ね》が聞こえてくる。

目を閉じ、その音色を聞いていると痛みが和らいできた。

ゆっくりと歩き出すと、あまねが控えめに告げた。

「お館様《やかたさま》、そろそろ。お体に障ります」

耀哉はやさしい眼差《まなざ》しで妻を見ると、しかし歩みは止めずにつぶやいた。

「いつまで……ここに足を運べるものだろうか」

自分の体が日に日に衰えていくのはわかっていた。

いつ寝たきりになってもおかしくはない。

それでも――。

「死んでしまったこの子たちの無念は、私の代で晴らしたい。今月、早《はや》、鬼による被害の報告を七件受けている」

耀哉が再び足を止める。

あまねがこちらをじっと見つめていた。

「鬼殺隊《きさつたい》の子供たちは今この時も、最前線で鬼に立ち向かう」

耀哉が自身の体に添えられたあまねの手をそっと握りしめる。ひんやりとした妻の体温が心地よい。

「鬼がどれだけの命を奪おうとも、人の想いだけは誰にも断ち切ることができない。どれほど打ちひしがれようと、人はまた立ち上がって戦うんだ」

耀哉の黒髪が風になびく。

頰《ほお》に吹きつける風の冷たさを感じながら、鬼殺隊の父ともいうべき男は視力の衰えた両目で、ただ前だけを見据えた――。

第二章 鬼の列車

発車を報《しら》せるベルに続いて、汽笛が鳴り響く。

無限列車《むげんれっしゃ》の発着駅は乗車を急ぐ人々でごった返している。

まだ新しい蒸気機関車は黒々とした車体が、力強くも美しかった。石炭と鉄を混ぜたような匂いが、微量の油の匂いとともにここまで漂ってくる。

竈門炭治郎《かまどたんじろう》、我妻善逸《あがつまぜんいつ》、嘴平伊之助《はしびらいのすけ》の三名は、駅舎の陰に身をひそめていた。

彼らの属する鬼殺隊《きさつたい》は公の組織ではない。万一警官に見つかれば、日輪刀《にちりんとう》の帯刀をとがめられるおそれがあった。

「とりあえず、刀は背中に隠そう……やばっ、もう出発だ」

ゆっくりと動き出した列車に慌てつつも、善逸が周囲の視線を気にする。

「警官いるかな？」

「いても行くしかないよ」

炭治郎が腹を決める横で、伊之助が「ぬっはぁーっ!!」と叫んだ。

「勝負だ！　土地の主《ぬし》っ!!」

「あ、バカ」

嬉々《きき》として駆け出す伊之助に善逸が毒づく。だが、

「俺たちも行こう」

炭治郎が伊之助の背中に続く。

「えっ……？　あ、置いてかないでぇぇ」

焦った善逸が遅れて飛び出す。

「ま、待ってぇ～」

走り出す列車の後部デッキに飛び乗った二人を追って、最後尾の細い柵になんとかしがみつく。

「炭治郎ぉ、伊之助ええ」

「善逸!!」

「ぬぉりゃあ！」

あわや宙づりになった友の体を、炭治郎と伊之助がすかさず引っ張り上げたところで、

勇ましく蒸気を上げた無限列車がさらにその速度を上げた。

周囲の景色が一気に流れていく。

✵

客車につながる引き戸を開けると、半分ぐらいの座席が埋まっていた。

車内は真新しい木材の匂いと石炭、そして人の匂いにあふれている。

仕事で移動中らしき男性や、旅行とおぼしき老夫婦、仲睦まじい男女や、幼い子供を連れた家族の姿もある。皆が皆、行楽に行くわけではないだろうが、心なしか顔つきが弾んでいるように思えた。

「うお!? うお! うほ!!」

伊之助が明らかに浮き立った声を上げる。

キョロキョロと周囲を観察し、

「うはははは。はええ～!! うはははは!!」

興奮気味に近くの窓へ張りつく伊之助に、慌てて戻ってきた善逸が、驚いている周囲の乗客に向けペコペコと頭を下げる。

「すみません！　すみません！　いいから、こっち来いっ！　バカ」

「はええぜ！　ぬははは！」

半ば羽交《はが》い締《じ》めのような状態で窓から引き離されながらも、生まれて初めて列車に乗った伊之助の上機嫌は変わらない。見るものすべてがうれしくて楽しくてたまらないのだろう。

初めての列車ということなら炭治郎も同じだが、伊之助のようにはしゃぐこともなく、老夫婦の荷物を棚にのせてあげていた。

「よっ！　おばあさん。これでいい？」

「ありがとう」

「すまないねえ」

老人とその妻が代わる代わる礼の言葉を口にする。

「いいえ。これくらい、お安い御用です」

礼儀正しく微笑《ほほえ》む炭治郎に、老夫婦が顔をほころばせる。

車内はまさに平穏そのものだ。

ガタガタと揺れる列車独特の振動は心地よく、車窓には夜の田園がどこまでも広がっていた。

「柱《はしら》だっけ？　その煉獄《れんごく》さん。顔とかちゃんとわかるのか？」

興奮冷めやらぬ伊之助をひきずって歩きながら、善逸が先を行く炭治郎にたずねる。

「うん、派手な髪の人だったし、匂いも覚えているから。近づけばわかると思う」

そう答えながら、炭治郎が次の車両に続く引き戸に手を伸ばすと、

「うまい!!」

驚く程大きな声が引き戸の向こうから聞こえた。

「うわっ⁉」

「⁉　な……」

それに極度の怖がりな善逸だけでなく、炭治郎までもがぎょっとする。思わず離してしまった手を取っ手に戻し、恐る恐る引き戸を開けると、

「うまい!!」

同じ声が叫んだ。

「うまい！　うまい！　うまい!!」

声の主は車両の前方寄りの席に座った男性だった。年の頃、二十《はたち》前後といったところか。一心不乱に牛鍋弁当を食べている。

ところどころ赤く染まった金髪と、大きく切れ上がった双眸《そうぼう》、そして炎を思わせる羽織が印象的なこの男こそ、炎柱《えんばしら》・煉獄杏寿郎《きょうじゅろう》その人である。

「うまい！」

煉獄の前には未開封の弁当が山と積まれていた。とても一人で食べ切れる量ではない。

周囲の乗客たちはその度を越した食欲に驚きつつも、関わり合いになるのを恐れてか、見て見ぬふりをしている。

「うまい！　うまい！　うまい！」

一口、食べるごとに連呼している。

「うまい！」

「あ……」

さしもの炭治郎も声をかけあぐねていると、

「あの人が炎柱？」

善逸が小声でたずねてきた。炭治郎が戸惑いながらも、

「うん」

とうなずく。

「うまい！　うまい！」

「ただの食いしん坊じゃなくて？」

「——うん」

再度うなずいた炭治郎が、意を決し「あの……すみません」と声をかける。

だが、煉獄は箸を止めず、

「うまい！」

となった。

「れ、煉獄さん？」

ようやくこちらを振り向いた煉獄が、

「うまい!!」

とどめのように叫ぶ。とても幸せそうだ。

「あ……もうそれは……すごくわかりました」

思わず半笑いになってしまった炭治郎が、冷や汗まじりに応じる。

炎柱はその後も大量に積まれた弁当を次々と平らげていった。

そうしてようやく満腹になったのか、

「君は、お館様《やかたさま》の時の」

炭治郎を見つめて告げた。

どうやら覚えていてくれたようだ。何より、「うまい」以外の言葉が聞けてほっとした炭治郎が、

「はい。竈門炭治郎です。こっちは同じ鬼殺隊の我妻善逸と、嘴平伊之助です」

自分と友人二人を紹介する。善逸がペコリと頭を下げる横で、伊之助がふんぞり返った。

「そうか！　それで、その箱に入っているのが――」

「はい。妹の禰豆子《ねずこ》です」

軽く首をひねって、炭治郎が背中の箱を見やる。

煉獄がうむとうなずいてみせた。

「あの時の鬼だな。お館様がお認めになったこと。今は何も言うまい」

そう言われ、炭治郎の顔がほころぶ。

鬼である妹の存在を認めてくれたわけではないだろうが、産屋敷邸《うぶやしきてい》での柱たちの反応を思い出せば、面と向かって嫌悪を示されなかったことが純粋にうれしい。

そんな炭治郎に、煉獄は自身の横の席をポンポンと叩《たた》き、

「ここに座るといい」

そう誘った。

炭治郎がそれに従い、向かいの席に妹の入った箱をそっと置く。

善逸は伊之助を引き連れ、通路を挟んだ斜め後ろの席に座った。

当然の如く窓際に陣取った伊之助は、愉快そうに窓の外をながめていたが、いきなり窓を両手で叩き始めた。大方、土地の主と力比べでもしているつもりなのだろう。

「ぬはっぬはっ、すげぇ！　主の中すっげえ‼　ぬはははっ」

「割れるだろ！　ガラス！」

「ぬははははは」

「少しは落ち着けよ」

善逸が伊之助の猪頭《いのししあたま》を引っ張って窓から引き離すと、煉獄が口を開いた。

「君たちはどうしてここにいる。任務か？」

炭治郎が神妙な顔でうなずく。

「はい。鎹鴉《カスガイガラス》からの伝達で、無限列車の被害が拡大した、現地にいる煉獄さんと合流するようにと、命じられました」

座席に座ったまま、心持ち背を伸ばし報告する。

「うむ！　そういうことか！　承知した」

煉獄があっさりとうなずいた。

「はい」

炭治郎もうなずいたあとで、

「――それと、もう一つ……煉獄さんに聞きたいことがあって」

やや緊張気味に続けた。

背後では、まだ伊之助が暴れ、善逸が懸命に押さえつけている。

「なんだ⁉　言ってみろ！」

「俺の父のことですが」

いきなりこんなことを切り出されても困るのではないかと思ったが、

「君の父がどうした‼」

煉獄はどこまでも気さくに応じてくれるようだ。それに励まされ、炭治郎が先を続ける。

「病弱だったんですけど」

「病弱か‼」

「それでも、肺が凍るような雪の中で神楽《かぐら》を踊れて」

「それはよかった‼」

「…………」

一つ一つの言葉に、打てば響くように返してくれるのは有難いが、どうにも調子を合わせづらい。炭治郎はしばし言いよどんだあとで、試しに煉獄と同じように声を張ってみた。

「その！」

「なんだ!!」

「ヒノカミ神楽《かぐら》……円舞《えんぶ》！」

口にした瞬間、炭治郎の脳裏に、在りし日の父が見せた神への舞がよぎる。

年の初めの日没から夜明けまで、父は神へ捧げる舞を、わずかな乱れもなく繰り返していた。

それこそ、凍てつくような雪の中で――。

炭治郎の声が自然と元の大きさに戻る。

「とっさに出たのが、子供の頃に見た神楽でした。もし、煉獄さんが知っている何かがあれば、教えてもらいたいと思って……」

「――うむ」

煉獄は熟考するように押し黙ると、

「だが、知らん!!」

きっぱりと言い放った。

「ええ!?」

「ヒノカミ神楽という言葉も初耳だ！　君の父がやっていた神楽が、戦いに応用できたのは実にめでたいが、この話はこれでお終《しま》いだな!!」

どこまでも明朗快活、そして単純明快な返答に驚いた炭治郎が、慌てて取りすがる。

「あの、ちょっともう少し……」

「俺の継子《つぐこ》になるといい！　面倒を見てやろう!!」

唐突な申し出の上、煉獄の両目は炭治郎ではなくあさっての方向を見ている。

「待ってください！　そしてどこを見てるんですか！」

全力のツッコミも煉獄にはまるで通じない。

斜め後ろの席では、善逸が『変な人だな』というような顔でこちらを――煉獄を見ており、その横では伊之助が相変わらず興奮した様子で、窓の外をながめている。

すると、

「炎の呼吸は歴史が古い」

煉獄がまたしても唐突に語り始めた。

「炎と水の剣士は、どの時代でも必ず柱に入っていた。炎・水・風・岩・雷が基本の呼吸だ。他の呼吸はそれらから枝分かれしてできたもの。霞《かすみ》は風から派生している。溝口《みぞぐち》少年！　君の刀は何色だ！」

「えっ⁉　俺は竈門ですよ。色は黒です」

「黒刀《こくとう》か！　それはきついな。ハハハ‼」

　豪快に笑う煉獄に、

「キツイんですかね」

　不安になった炭治郎がおずおずとたずねる。

「黒刀の剣士が柱になったのを見たことがない。さらにどの系統を極めればいいのかもわからないと聞く」

　煉獄はそう言うと、大声で請け合った。

「俺の所で鍛えてあげよう‼　もう安心だ！」

　煉獄の目はやはり炭治郎ではなく、あさっての方向を見ている。伊之助と同じくらい、どこを見ているのかわかりにくい。

「いや！　いや‼　そして、どこを見てるんですか⁉」

　炭治郎がすかさずツッコミを入れる。

　どうやら、煉獄の中では先程の継子云々《うんぬん》の話が続いているようだ。てっきり冗談だとばかり思っていたが、本気で鍛えてくれる気でいるらしい。

(変わってるけど、面倒見のいい人だな……匂いからも正義感の強さを感じる)

そんなことを思い、炭治郎が顔をほころばせていると、

「わっははは！　すっげぇすっげえ!!　はっえええ!!　わははは！」

窓を開く音とともに、伊之助の笑い声が車内に響いた。

いつの間にか列車は深い山間《やまあい》を走っており、上機嫌の伊之助が車窓から身を乗り出し、両腕を振り回している。

なんだかんだで人のいい善逸が、必死に引き戻していた。

「危ない、馬鹿この！」

「俺、外に出て走るから!!　どっちが速いか競争するっ!!」

心の底からわくわくした調子で宣言する伊之助に、

「馬鹿にも程があるだろ!!」

善逸が怒鳴りつける。

すると、煉獄も「――危険だぞ」と言った。しかし、危険の意味が違った。

「いつ鬼が出てくるかわからないんだ」

「え……」

伊之助を抱えたまま、善逸がぎょっとした顔で煉獄を振り返る。素早く伊之助を離すと、煉獄の元へにじり寄った。

「嘘《うそ》でしょ⁉　鬼出るんですか、この汽車！」

「出る！」

「出んのかい‼　嫌ァーッ‼　鬼の所に移動してるんじゃなく、ここに出るのー⁉　嫌ァーッ！　俺、降りるぅ〜‼」

恐怖のあまり善逸が身悶《みもだ》えする。

煉獄は鬼殺隊にあるまじき善逸の言動を気にするふうでもなく、簡潔に状況を説明してくれた。

「短期間のうちにこの汽車で四十人以上の人が行方不明となっている。数名の剣士を送り込んだが、全員消息を絶った。だから、柱である俺が来た！」

「はあああああァ――――ッ‼　なるほどね‼　降ります‼　降りまーす‼」

両手で頭を抱えた善逸が泣き叫んでいると、後方の車両に続く戸が静かに開いた。車掌の男がうつむき加減に歩いてくる。

「切符……拝見……致します……」

ボソボソと口の中でつぶやきながら、他の乗客には目もくれずこちらにやってきた。足音がほとんどしない。

「何ですか?」

「車掌さんが切符を確認して、切り込みを入れてくれるんだ」

炭治郎の疑問に答えながら、煉獄が自身の切符を車掌にわたす。炭治郎たちも持っている三等の切符だ。

制帽を目深《まぶか》に被った車掌は、それを改札鋏《かいさつきょう》でパチリと切った。

続いて「フン!」と差し出してくる伊之助の切符を切り、それから床にうなだれ泣いている善逸の切符を切った。

席から立ち上がった炭治郎が車掌に歩み寄り、切符を差し出す。車掌が切符を受け取ると、天井の灯りが点滅した。

ジジジジ……と羽虫のような音を立て、灯りが点《つ》いたり消えたりを繰り返す。

車掌が乾いた音を立てて切符を切った。

「っ……!?」

炭治郎は思わずその身を強張《こわば》らせ、周囲を見まわした。車内や乗客に変わった様子はないが……。

（何だろう、嫌な匂いがする……!!）

「拝見……しました……」

車掌が陰気につぶやく。

「…………」

腕組みし、瞑目《めいもく》していた煉獄が何かを察したように、ゆっくりと瞼《まぶた》を開いた。

✿

煉獄はすっとその場に立ち上がると、羽織をひるがえし、車掌の前に立った。

「車掌さん！　危険だから下がってくれ！」

羽織の下では日輪刀をつかんでいる。

「火急のこと故《ゆえ》、帯刀は不問にしていただきたい！」

客車の奥の戸を見据えながら告げると、そこへ突如、鬼が現れた。

一つの頭部に二つの顔。左右の二の腕と頭部に何本もの角を持つその鬼は「グルル……」と喉《のど》の奥で獣のように唸《うな》ると、こちらを睨《にら》みつけた。

「ひゃあっ！」

突然の異形の襲来に、周囲の客たちが悲鳴を上げる。

煉獄の背後で、善逸も同じように「ひぃぃっ！」と悲鳴を上げている。

「くっ！」

炭治郎が羽織の下に隠した刀へと手を伸ばす。

それに先んじて煉獄が抜刀する。見事に研磨された赤い刃《やいば》には『悪鬼《あっき》滅殺《めっさつ》』の文字が刻まれ、炎を模した鍔《つば》がついている。

「その巨軀《きょく》を！　隠していたのは血鬼術《けっきじゅつ》か！　気配も探りづらかった！　しかし、罪なき人に牙《きば》を剝《む》こうものなら、この煉獄の赫《あか》き炎刀がお前を骨まで焼き尽くす!!」

「オオオ――――――ッ!!」

二つある鬼の口が同時に咆哮《ほうこう》を上げる。

その音による衝撃波を真っ正面から受け流し、煉獄が刀を構える。

「炎の呼吸　壱《いち》ノ型」

獰猛《どうもう》なうめき声を上げながら躍りかかってくる鬼へ、煉獄が凄《すさ》まじい勢いで突っ込む。

赫き刃がうなる。

「不知火《しらぬい》」

まるで自身が一筋の炎になったかのような煉獄の一撃に、大の男の胴まわりほどもある鬼の頸《くび》が宙を舞う。

頸を斬られた鬼の体が、見る間に崩れていく。

ほどなく塵《ちり》となって消えたそれに、炭治郎が感嘆の声をもらす。

「すごい……一撃で鬼の頸を」

周囲の乗客たちは、白昼夢でも見たようにざわついている。

煉獄は前方の車両へと鋭い視線を向けた。

「もう一匹いるな。ついてこい！」

背後の少年たちへ叫ぶや否や、風のように駆け出す。

「うおおー！」

「お、おいて行くなよぉ～」

真っ先に炭治郎が。

そして伊之助、善逸がそれに続いた。

煉獄が前方の客車に踏み込むと、鬼から逃げてきた乗客たちでごった返していた。

押し合いへし合いしながら、煉獄たちがいた客車へと向かう人々の先に、鬼がいた。通路を挟んだ左右の座席に長い手足をのせている。それゆえ、巨大な虫のように見える。

その奥に、乗客の姿があった。床に尻もちをついたまま動けずにいる男の青い顔を、鬼がゆっくりとした動作で覗《のぞ》き込む。

「ああ……うわぁあ!!」

「その人に手を出すことは許さん!」

煉獄が鬼へ告げる。

そんな煉獄の両脇に、遅れて駆けつけた炭治郎と伊之助が並び、それぞれ刀を構えた。

「聞こえなかったのか?　お前の相手はこっちだと言っている」

煉獄の声に、ようやく鬼が反応した。のっそりとこちらを向く。

四つの目玉が無機質に煉獄をとらえる。

背後の座席に身を隠していた善逸が震え上がった。

「な……なんですか、アレ?　長い!　手!　長いんですけどぉ~!」

そんな善逸とは対照的にやる気満々といった伊之助は、獣のように体勢を低くすると、

「よっしゃ!　先手必勝ォ!!」

と床を蹴った。

「待て！　逃げ遅れた人がいるんだぞ！」

「ブッ倒しゃあ、問題ねえ!!」

炭治郎の制止をものともせず、嬉々として鬼へ飛びかかる伊之助に、鬼の腹部からぼこりと飛び出した二本の鉤爪《かぎづめ》が襲いかかる。

「ああ!?　くっ……」

二本の刀を交差させた伊之助が、鬼の爪の威力を刀で殺《そ》ぎながら、空中で身を捻《ひね》る。そこへ、再度、鬼の腕が迫る。

だが、あわやというところで煉獄が動いた。

鬼の攻撃から伊之助を救うと、近くの座席へ放り、自身は着地と同時に身をひるがえした。襲いかかる鉤爪を難なくよけ、鬼の体の下から乗客の男を助け出す。

瞬時に元いた場所まで戻ると、男を床へ下ろした。

「車両の奥は安全だ、行くといい」

「うぅ……」

青ざめた顔でうめきながらも、男が煉獄に示された方向へ走っていく。

「これで問題ないな！　手短に終わらせよう！」

「ゴァアア!!」

「炎の呼吸　弐《に》ノ型――」

低い唸り声を上げ飛び掛かってくる鬼に、煉獄が下から上へ日輪刀を振り上げる。

「昇《のぼ》り炎天《えんてん》」


あたかも天へと燃え盛る炎の如き刃が、鬼の頸を刎《は》ねる。

頭部を失った鬼の体が塵となって消え去るのを見届け、煉獄は刀を鞘《さや》へと戻した。

固唾《かたず》を飲んで見守っていた炭治郎が、

「す、す……すげぇや兄貴！　見事な剣術だぜえ！」

と感動の涙を流した。鼻水まで流して泣いている。

「おいらを弟子にしてくだせえ!!」

「いいとも！　立派な剣士にしてやろう!!」

豪快に応じる煉獄に、

「おいらも!!」

「おいどんも!!」

善逸と伊之助も負けじと叫ぶ。煉獄は長男の包容力を発揮し、

「みんなまとめて面倒みてやる!!」

「煉獄の兄貴ィ〜!!」

三人の声が朗らかにそろう。

「兄貴ぃ！」

と炭治郎が両手を上げ、

「兄貴ィ！」

善逸が黄色い声を上げてくねくねし、

「兄貴っ！」

伊之助が野太い声で叫ぶ。

「煉獄の兄貴ィ!!」

三人の少年隊士たちは最後に声を合わせると、うれしさのあまり煉獄の周囲をふよふよと浮遊し始めた。

異様な光景だが、煉獄は特に気に留めることもなく、三人の中心で高らかに笑った。

「ワーッ!!」

「ハハハハハハハ」

三人の少年も心から楽しそうに笑っている。

天井で点滅を繰り返していた灯りが、ブッと消えた。

✵

山間の道を進む列車の振動に身をゆだねるように、四人は目を閉じていた。

両腕を組んだまま眠る煉獄も、その肩にもたれかかるように眠る炭治郎も、通路を挟んだとなりの席で折り重なるように眠る善逸、伊之助も――。

皆、夢の中にいた。

「ハァッ……ハァッ……」

両側の座席で乗客たちが眠りこける中、車掌が泣きながら通路を駆けていく。

「うぅ……」

前方の車両に入ったところでけつまずく。床に両手をつくと、大粒の涙をこぼしながら宙に向け懇願した。

「言われた通り、切符を切って眠らせました。どうか、早く私も眠らせてください……死んだ妻と娘に会わせてください……！　お願いします、お願いします……」

「――いいとも」

穏やかな声とともに天井から降ってきた鬼の手首が、ベタッと床に落ちる。目と口が一つずつ付いたそれは、グニグニと不気味に動いて起き上がると、

「よくやってくれた」

と車掌を労《ねぎら》い、にぃっと声に出して嗤《わら》った。機械音のような、なんとも表現しがたい笑い声だ。

「お、ね、む、り」

とたんに車掌がその場に崩れ落ちる。

「家族に会える良い夢を」

鬼の手首が歌うようにささやく。

「あの……」

背後から聞こえてきた声に、手首が振り向く。

「私たちは、どうしたら……」

そこに四人の男女が控えていた。手首は、主然《あるじぜん》とした口調で四人に指示を与えた。

「もう少ししたら眠りが深くなる。それまでここで待ってて。勘のいい鬼狩りは殺気や鬼の気配で目を覚ます時がある。近づいて縄をつなぐ時も、体に触らないよう気をつけること」

手首が唇をゆっくりと動かし、やわらかく言う。

「俺は暫く先頭車両から動けない。準備が整うまで頑張ってね。幸せな夢を見るために」

四人は手首の後ろで泣きながら微笑む車掌の寝顔を見ると、

「――はい」

決意に満ちた面持ちでうなずいた。

✵

「はぁ、はぁ……はぁ」

炭治郎は夢の中で息を切らせていた。

一面、雪に覆われた林は、歩くだけでも一苦労だ。冷たい雪が降りしきる中、炭治郎は懸命に歩き続ける。

頭がひどくぼんやりとしていた。

背中が妙に寒くて、軽い。

思わず立ち止まった炭治郎の肩に、頭に、幾重にも雪が降り積もる。

虚《うつ》ろだった炭治郎の両目に、徐々に生気が戻っていく。

「っ⁉」

我に返った炭治郎は、すかさず抜刀すると周囲を警戒した。

ここは、どこだ？

客車内からあまりにも変わったその風景に困惑する。なぜ、自分は雪の中にいるんだ？

一体、いつ列車を降りたんだ？

「どうなっている！　何が起こった⁉」

周囲には自分以外、誰もいない。善逸も伊之助も、煉獄の姿もない。妹の入った木箱さえも――。

戸惑いと緊張から、無意識に息が上がる。

「落ち着け、落ち着け……はぁ、はぁ……落ち着くんだ……」

激しく肩を上下させながら、両足の裏で雪を踏みしめ、炭治郎が自分に言い聞かせる。

そこへ、ぎゅっぎゅっと雪を踏みしめながら近づく足音が聞こえた。

「っ……!!」

炭治郎が音の方を振り向く——果たして、そこには死んだ妹と弟の姿があった。

花子《はなこ》と茂《しげる》の二人が芋の入ったざるを運んでいる。炭治郎に気づいた茂が「あっ!」とうれしそうな声を上げる。真っ白な息が幼い弟の口からもれた。

「兄ちゃんだ」

と花子も白い息を吐き出しながら笑う。

「兄ちゃんおかえり」

「炭、売れた?」

「…………」

炭治郎は呆然《ぼうぜん》と二人を見つめた。

その手から日輪刀がこぼれ落ちる。真っ白な雪に、黒刀が埋もれる。

炭治郎はおそるおそる二人に向かって足を踏み出すと、しゃにむに駆け出した。そのまま二人に飛びついたので、三人そろって雪の上に倒れ込んだ。

「う……あ、あ……」

涙を浮かべて顔を上げた炭治郎の姿は、鬼殺隊隊士のそれではない。

無造作に伸びた髪を後ろで一つに縛り、作務衣《さむえ》の上にはんてんを羽織り、首巻を締め、雪道を歩くための藁《わら》ぐつを履き、炭を入れる籠を担いでいる。

ほんの一年半程前までの姿で、炭治郎は妹と弟を抱き起こし、抱きしめた。

「うわあああ……」

幼い子供のように泣き叫ぶ。

そんな兄の様子に、花子と茂が驚いたような顔でしきりに瞬きをしている。

「兄ちゃん？」

「ごめん、ごめん！　ごめんなぁ……うわあああ」

終《しま》いには、自分が何に泣いているのか、何に対して謝っているのかさえわからなくなっても、炭治郎は妹と弟を抱きしめ、泣き続けた。

煤《すす》けた蒸気を吐き出しながら、無限列車が夜を進む。

「――夢を見ながら死ねるなんて、幸せだよね」

先頭車両の屋根に立った男がうっとりとつぶやく。
「どんなに強い鬼狩りだって関係ない。人間の原動力は心だ。精神だ」
屋根の上をトコトコと走ってきた手首が、軽やかに飛んで男の左腕へと戻る。
「精神の核を破壊すればいいんだよ。殺すのも簡単。人間の心なんてみんな同じ。硝子《ガラス》細工みたいに脆《もろ》くて弱いんだから」

そう闇夜にささやく男・魘夢《えんむ》の左目には『下壱』の文字が刻まれていた。

第二章
幸せな夢

「縄でつなぐのは腕ですか?」

細目の少女が、おさげ髪の少女にたずねる。

「そう。注意されたことを忘れないで」

眠る柱《はしら》の男の手首と自分の手首とを縄でつなぎながら、おさげ髪の少女が応える。

細目の少女はうなずくと、猪頭《いのししあたま》の少年の体に触れないよう細心の注意を払って縄を結んだ。

それぞれが標的と縄でつながれる。

顔色の悪い青年は額に火傷痕《やけどあと》のある少年の背面の椅子に腰を下ろすと、魘夢《えんむ》に教えられたことを胸の中でそっと復唱した。

(大きくゆっくり呼吸する。数を数えながら。そうすると眠りに落ちる。イチ、ニ、サン……)

目をつぶる青年の背後で、眠る少年の頰《ほお》に涙が伝う。

（シ、ゴ、ロク──）

縄でつながった青年は、少年の見る夢の中へと深く、沈んでいった──。

「──それで、急にお兄ちゃん泣き出すから、びっくりしちゃった」

家に戻ると、花子《はなこ》がそう言ってうれしそうに兄をからかった。

「変なの、アハハハハハ」

蒸した芋を食べながら、一番上の弟・竹雄《たけお》が笑う。

日に焼けた畳の上に置かれた鉢に、山盛りの芋が入っている。その前に陣取っているのは一番下の弟・六太《ろくた》で、喋《しゃべ》るのももどかしいといった様子で、せっせと芋を口へ運んでいる。

「まあ……疲れているのかもしれないわね」

「そんな大げさだよ。平気だから」

心配そうな母親に、炭治《たんじ》郎《ろう》が微笑《ほほえ》んでみせる。母は息子の頬をそっと両手で包んだ。あたたかい手だった。

「熱があるんじゃないのかい？　無理しないで。今日は休みなさい」

「大丈夫だよ」

炭治郎が母を安心させるように言う。

「本当に？」

それでもなお、案ずるようにたずねてくる母に、うんと答えようとすると、

「えい！」

「あ！　待ちなさい！」

茂《しげる》が花子の畳んでいた洗濯物をつかんで、「ばふーん」と炭治郎の頭に被せてきた。

「うわっ」

「何してんのもう！」

「わははは」

茂がゲラゲラと笑う。六太も竹雄も笑っている。

「こらー！　やめなさいってばー！」

怒る花子の声も心なしか笑っている。

悪ふざけした弟にもみくちゃにされながら、炭治郎がふと母の方を見ると、母も口元をほころばせていた。

それに、なぜか胸が締め付けられるような思いがした。

ただの日常にすぎないはずのすべてが、あたたかくて悲しくて、切なくて幸せで仕方なかった。

独り言のようにそっとつぶやく。

「……悪い夢でも見てたみたいだ」

✵

「ねんねんころり、こんころり」

列車の屋根で鬼の男が歌う。

不気味な子守唄を。

赤子を眠らせる母の如き声で。

「息も忘れてこんころり。鬼が来ようとこんころり。腹の中でもこんころり」

夜風に髪をなびかせながら魘夢が嗤《わら》う。

「楽しそうだね。幸せな夢を見始めたな。ふふっ」

（落ちていく）

朝早く、少年は炭を入れた籠を背負う。これを町で売って、弟や妹や母に少しでもたくさんのご飯を食べさせてあげようと、笑顔で振り向く。

（落ちていく）

家の前では、そんな少年を家族が見送っている。ふざけて飛びついてきた弟を抱きとめ、少年が声に出して笑うと、皆も声を上げて笑った。

（夢の中へ――）

「深い眠りだ。もう、目覚めることはできないよ」

鬼は両目を細めると、酷薄な笑みを浮かべた。

✵

「――こっちこっち！」

善逸《ぜんいつ》は夢の中で桃の木が生い茂る山林を走っていた。

一人ではない。

つないだ右手の先には、人間に戻った禰豆子《ねずこ》がいた。

「こっちの桃がおいしいから。白詰草《シロツメクサ》もたくさん咲いてる。お花で輪っか作ってあげるよ。俺、本当にうまいのできるんだ。――禰豆子ちゃん」

名前を呼んで振り返ると、禰豆子はにっこりとうなずいてくれた。

「うん、たくさん作ってね。善逸さん」

最愛の少女に下の名前を呼ばれ、善逸が「ひゃっほ～う！」と飛び上がる。こんなに幸せでいいんだろうかと思いつつ、

「途中に川があるけど、浅いし大丈夫だよね？」

「川？」

きょとんとつぶやいた禰豆子が急に立ち止まった。

困ったような顔で善逸を見上げる。

「善逸さん、どうしよう……私、泳げないの」

「お、俺が、おんぶしてひとっ飛びですよ！　川なんて！　禰豆子ちゃんのつま先も濡ら

さないよ！　お任せくださいな！」

うるんだ目で自分を見上げる禰豆子の愛らしさに激しく動揺した善逸が、真っ赤な顔でドンと胸を叩《たた》く。

そして、有言実行とばかりに禰豆子を背負うと、

「そ〜れ〜」

と崖を飛び降りた。

「うふふ」

背中で禰豆子が楽しげに笑う。その鈴を転がすような笑い声に、もう死んでもいいとすら思う程幸せだった。

「うふふふ」

「アハ、アハ、アハハハ」

善逸もデレデレとしまりなく笑いながら、まさに夢見心地で川を飛び越えた――。

✵

一方、伊之助《いのすけ》は子分の禰豆子ウサギを引き連れ、暗く湿った洞窟を突き進んでいた。無

論、夢の中である。行く手を阻む岩はゴツゴツとして、道は険しい。だが、洞窟探検隊はそんなことではへこたれない。

「探検隊！　探検隊！　俺たち洞窟探検隊!!　探検隊！　探検隊！　俺たち洞窟探検隊!!　探検隊！　探検隊！　俺たち洞窟探検隊!!」

腕を勇ましく振りながら上機嫌で歌う伊之助に、

「親分！」

「親分！」

偵察に出ていた子分たち――ポン治郎《じろう》とチュウ逸《いつ》が駆け寄ってくる。ポン治郎は陽気な性格の気のいい狸《たぬき》で、鼠《ねずみ》のチュウ逸はお調子者の出っ歯であった。

「どうした、子分その一！　その二！」

「あっちから、この洞窟の主《ヌシ》の匂いがしますポンポコ！」

ポン治郎が洞窟の奥を指さす。

「寝息も聞こえてきますぜチュー」

チュウ逸も大きな耳をそばだてるような仕草をしてみせた。

伊之助一行がそちらへ向かうと、果たして、小山のような岩に巻きついた恰好《かっこう》で眠る洞窟の主の姿があった。

汽車と百足《ムカデ》が融合したような巨大な化け物は、気持ちよさそうに鼾《いびき》をかいている。

強敵を前に伊之助の目がらんらんと輝く。

「主、いるじゃないか！ ようし、行くぞ!! 勝負だ!!」

「ガッテン、おやぶん!!」

ポン治郎とチュウ逸が声を合わせる。

子分の意気も上々だ。

だが、禰豆子ウサギだけは、てんで別の方を見ている。

「オイ、コラ！ ついて来い、子分その三！ こっち来い、ホラ!! ツヤツヤのどんぐりやるから、ホラ!!」

伊之助が特別キレイなどんぐりを差し出すと、ようやくこちらに気づいた。

「いくぞぉぉ!!」

「へーイ!!」

伊之助の号令に、頼もしく応じる子分たち。

伊之助は三人の子分を率い、主との戦いへと身を投じるのだった……。


「ウヒャアア……」

「うふっうふふっ」

楽しい夢に、折り重なって眠る伊之助と善逸が、それぞれ笑みをもらす。

通路を挟んだとなりの席で眠る煉獄《れんごく》は、しかし険しい表情をしていた。

固く結んだ瞼《まぶた》がぴくりと動く。

（ん？……俺は何をしに来た？）

夢の中で瞼を上げた煉獄は、朦朧《もうろう》とする頭で考えた。直前の記憶がひどくおぼろげだった。

目の前には、自室の布団の上に横たわり、書物をめくっている父の気だるげな姿がある。

(そうだ、父上へ報告だ。柱になったことを)

にわかに思い出した煉獄は、努めて明るくその旨を父に伝えた。お館様《やかたさま》のことや他の柱たちのこと、これからどんな柱になっていきたいかなど、思いつく限りのことを快活に語る。

——だが、

「柱になったからなんだ」

父はこちらを見ることもせず、つまらなそうにつぶやいた。

「くだらん……どうでもいい。どうせ大したものにはなれないんだ。お前も俺も」

此《こ》の世のすべてに興味を失くしたような声で告げる父に、煉獄の顔から笑みが消え去る。

親子の会話はそれで終《しま》いだった。

父の部屋を辞し、陽の差し込む縁側をとぼとぼと歩く煉獄のもとへ、弟の千寿郎《せんじゅろう》が「あ……兄上」と駆け寄ってきた。

「父上は喜んでくれましたか？」

弟はおずおずとそうたずねると、少しばかり躊躇《ためら》ったあとで、

「俺も……柱になったら、父上に認めてもらえるでしょうか？」

恥ずかしそうにたずねてきた。

煉獄は複雑な想いで弟の幼い顔を見つめた。

弟が望んでいる言葉はわかる。だが、先程の父の姿を思い出せば、それを言ってやることはできない。

父は最後まで、こちらを見てさえくれなかった。

(昔から、ああではなかった。鬼殺隊《きさつたい》で柱にまでなった父だ。情熱のある人だったのに、ある日、突然剣士をやめた。突然……。あんなにも熱心に俺たちを育ててくれていた人が……)

少年時代の自分に剣術を教えてくれた父の朗らかな顔に、煉獄は、なぜ……と問いかける。

だがすぐにそれをやめた。

(考えても仕方のないことは考えるな)

そう己を律する。今までずっとやってきたことだ。

（千寿郎はもっと可哀想だろう。物心つく前に病死した母の記憶はほとんど無く、父はあの状態だ）

煉獄は弟の両腕をつかむと、その前にすっと膝《ひざ》を折った。弟の顔が近くなる。

「正直に言う。父上は喜んでくれなかった。どうでもいいとのことだ」

「………」

弟の表情が曇るより早く「しかし！」と煉獄は声を明るくした。

「そんなことで、俺の情熱はなくならない！　心の炎が消えることはない！　俺は決して挫《くじ》けない‼　そして千寿郎」

弟の名を呼びその両手を握りしめる。幼い手は竹刀《しない》だこでいっぱいだった。日輪刀《にちりんとう》の色が変わらぬことに心を痛めながらも、弟が必死に努力してきたことは、煉獄が一番よく知っている。

「お前は俺とは違う！　お前には兄がいる。兄は弟を信じている」

千寿郎の頰を大粒の涙がこぼれ落ちる。無言で涙する弟が痛ましく、愛《いと》おしかった。

「どんな道を歩んでも、お前は立派な人間になる！　燃えるような情熱を胸に、頑張ろう！　頑張って生きて行こう！　寂しくとも！」

泣きながらしがみついてきた小さな体を、煉獄はぎゅっと抱きしめた。

✵

「――いい感じだ」

霧の中を進む列車の上で、魘夢が両腕を広げる。まるで美しい演奏を導く指揮者のように。

邪魔な鬼狩りたちは皆、ぬくぬくと眠っている。柱の男すら夢の中だ。

「俺の作った縄はつなげた者の夢に侵入できる特別な術なんだ。俺はいつも細心の注意を払って戦うんだ」

うっとりとした声で誰にともなく告げる。

左手の甲に開いた口が早くも舌なめずりを始めた。

「眠ってしまえば、柱だろうがなんだろうが赤子と同じ。ごちそうは鬼狩りどもを始末してから、ゆっくり頂くとしよう…………あはは……」

高らかに鬼が嗤う。

闇と溶け合うように黒い列車が進む。

鬼の歪《ゆが》んだ笑顔が、夜の闇に飲まれていく。

鬼狩りは誰も目覚めない。


「そんなに焦って振り下ろす必要はない。肩の力を抜いて」

「こう？」

「そうだ」


（！　危ない……〝本体〟がいる）

煉獄杏寿郎《きようじゆろう》の夢に侵入したおさげ髪の娘は、弟に稽古をつける煉獄を見つけ、慌てて屋敷の陰に隠れた。

（気づかれないようにしないと）

息を殺し、物音を立てぬようそっと門を出る。屋敷を囲む高い塀に身を隠しながら路地を駆けた。

（〝夢の端〟まで……早く……）

『俺が見せる夢の世界は無限ではない』

あの人はそう言っていた。

『夢を見ている者を中心に円形となっている。夢の外側には無意識の領域があり、そこに〝精神の核〟が存在する』

それを破壊しろ、と。


そうすれば夢の持ち主は廃人となる。


不意に娘の足が止まる。この先に、目に見えぬ壁のようなものがある。指の先で触れると、波紋のようなものが広がった。確かな抵抗が指先から伝わってくる。

「あった。風景は続いているけど、これ以上進めない」

これが夢の端か。

もどかしい思いで、帯の下に隠した錐《きり》を取り出す。鬼の骨からできているという柄《え》を娘はぎゅっと握りしめた。

(早くコイツの〝精神の核〟を破壊して、私も幸せな夢を見せてもらうんだ)

ギリッと歯嚙《はが》みした娘が、鬼のような形相で錐を宙に突き立て、一気に引き裂く。

壁の裂け目から向こう側へ足を踏み入れると、燃え盛る炎が娘を迎えた。

大きな石畳が規則正しく敷き詰められた空間が、どこまでも続いていて、至るところに真っ赤な炎が燃えている。他には何もない。

「変な〝無意識領域〟……熱い……燃えてる」

今までに見たそれらと明らかに違う〝無意識領域〟に戸惑いながらも、

「急がないと」

と気持ちを切り替えた。

「ハァ……ハァ……」

肩で息をしながら無意識領域を駆けまわっていた娘が、「あっ」と声を上げる。

その視線の先には、宙に浮かんだ赤い球《たま》があった。

駆け寄ると、それは内側からキラキラと輝いていた。まるで炎を閉じ込めたようだ。

「見つけた。精神の核……赤いのは初めて見た。これを壊せば……」

私も！

夢の中で少女が錐を振り上げた――――その瞬間。


現実の煉獄が動いた。

その利き手が素早く目の前で眠る少女の首をつかんだ。そのまま素早く立ち上がる。

「あっ……がぁっ……あっ……うぇっ」

首を締め上げられる形になった娘の手から、錐が落ちる。床に落ちた鬼の錐が乾いた音を立てた。


「くっ……」

夢の中の娘もまた現実からの圧力に両手で喉《のど》を押さえ、もがき苦しんでいた。

「かはっ」

おそらくは本体の方が攻撃を受けているのだ。

それに驚愕《きょうがく》する。

（術に落ちている時は、人間は動くことができないはずなのに……なんて生存本能なの⁉）

少女は現実から与えられる苦痛で動けない。

人を殺すわけにいかない煉獄もまた、これ以上は動けない。

両者はまさしく膠着《こうちゃく》状態にあった。

現実がそんなことになっていようとは露知らず、夢を見続ける炭治郎は、眠りながら泣いていた。

家族の笑顔がある。

家族が生きている。

幸せすぎるその夢に目頭から涙がつっとこぼれ落ちる。

「今日は炭治郎の好きなおせんべいを焼いてあげるからね」

「うわーっ」


固くなったお餅をお盆にのせた母の言葉に、土間を上がったすぐの所で六太をあやしていた炭治郎が無邪気に喜ぶ。

「今、古くなったお餅を潰すから」

「やったな、六太！　おせんべいだ！」

すると、障子をガラリと開け、竹雄が顔をのぞかせた。

「ずるーい！　せんべえ好きなのは兄ちゃんだけじゃないよ」

「私も好きー」

「俺も！」

竹雄の後ろから、花子と茂が身を乗り出してくる。

「じゃあ、みんなで食べようね。網を用意してくれる？」

母のやさしい声に三人が「は〜い」と声をそろえる。

「俺、すり鉢で潰すよ」

「じゃあ、私がひっくり返すの担当ね」

「俺もー」

「じゃあ、兄ちゃんは食べる係だ」

炭治郎がわざと悪い声を出すと、弟妹たちはこぞって「ずるーい」と笑い転げた。炭治郎も笑う。

平凡で変わらない日常――けれどこの上なく幸せな時間が過ぎていく。


その後、炭にする木々を集めに家を出た炭治郎は、山の中で頃合いの木を見つけ、斧《おの》を振るった。

木を切り倒して、手ごろな大きさの木片にする。

毎日のようにやっていることなのに、なぜか無性に懐かしい。

「よっ」

木々ですっかり重くなった籠を背負う。

「禰豆子、行くよ」

己の背中を見るような恰好《かっこう》でやさしくささやく。そして、そんな自分に戸惑った。

(何を言っているんだ。俺は)

自分は一人で木を切っていたはずなのに、どうして妹の名前がするりと口から出てきたのだろう。

炭治郎はぼんやりと雪に覆われた山を見やった。

青く広い空に雲はなく、太陽の光が木々を照らしている。

「…………」

雪に反射した光がまぶしくて、炭治郎は目を細めた。


「ただいま」

「おかえり、炭治郎」

家に戻ると母が笑顔で迎えてくれた。それに胸が痛いような幸せを感じる。

「うん、ただいま」

「にいちゃんおかえり」

竹雄、花子、茂、六太に向けて微笑んだ炭治郎は、そこにいない妹に気づく。

「……あれ、禰豆子は？」

「姉ちゃん、山に山菜採りに行ってるよ」

なにげなく答えた竹雄に、

「えっ……昼間なのに⁉」

ぎょっとする。帰り際、目にした太陽の日差しが頭をよぎった。

「？　だめなの？」

不思議そうに花子がたずね返してくる。竹雄も茂も、六太までもきょとんとした顔でこちらを見ている。

「あっ……いや、あれ？」

自分でもなぜそんなことを口にしたのかわからない。炭治郎が狼狽《ろうばい》していると、昼ご飯の支度をしていた母が「炭治郎」と呼びかけてきた。

「お風呂の準備してくれる？　こっちが、まだかかりそうなの」

うなずき、家の外へ出る。水汲《みずく》み用の桶《おけ》を両手に持ち、

「変なことばかり言ってしまう。疲れてるのかな……」

一人そんなことをつぶやいていると、視界の端に木箱が見えた。

「――⁉」

炭治郎が振り返ると、木箱は消えていた。

「あれ、消えた…………何だったんだろう。一瞬……道具箱か？」

戸惑いながら桟橋へ向かうも「見間違いか」と結論付け、桶を川の水面につける。すると、

『起きろ！』

と川の中から声がした。驚いた炭治郎が水面を覗《のぞ》き込むと、

『起きろ!!』

そこには、懸命に叫ぶ自分の姿があった。驚く間もなく、水中にひきずりこまれる。唇の端からぶくぶくと気泡がもれた。

『起きろ、攻撃されてる。夢だ、これは夢だ!!　目覚めろ!!』

（そうか、そうだ俺は……汽車の中だ！）

自分の幻にさとされ、ようやく己が置かれている状況を思い出した炭治郎の顔つきが変わる。

『起きて戦え！　戦え！　戦え!!』

幻が叫ぶ。

だが、突如襲いかかった衝撃波が幻と炭治郎を引き離した……。

「――っ!!」

暗闇の中で目を開ける。

「兄ちゃん、たくあんくれよ」

「だめだってば。やめなさいよ。何でそんな、お兄ちゃんから食べもの取るのよ」

「………」

目の前に広がる光景は客車内ではなく、住み慣れた我が家だった。家族で昼ご飯を囲んでいる。漆《うるし》のはげた箱膳の上では、たくあんと小松菜、麦飯、それから味噌汁《みそしる》が湯気を立てていた。先程、母が作っていた昼ご飯だ。

「何だよ!」

「さっき、おかわりしたでしょ」

竹雄と花子が他愛もない兄妹《きょうだい》ゲンカを始める。

(だめだ。目覚めてない。夢の中だ)

炭治郎は焦燥感から息を荒くした。

こうしている間にも、汽車の中の乗客や仲間たちが……。

禰豆子が――。

（どうすれば出られる⁉　せっかく、夢だと気づけたのに。どうすればいいんだ!!）

炭治郎は夢の中で頭を抱えた。

✵

そんな兄の心の叫びが聞こえたかのように、現実の客車では、禰豆子が目を覚ましていた。

「んっ」

木箱の扉を内側から開け、転がり出る。床から顔を上げ、まず目に入ったのは、炎のような髪色の青年がおさげ髪の娘の首を締め上げたまま眠っている光景だった。それに小首を傾《かし》げる。

――そして、

「！」

向かいの座席で眠る兄を見つけた。

額にびっしりと脂汗をかいた兄は、うわ言のように「起きないと……」とうめいている。

「んー、んー」

禰豆子が兄の羽織をつかんで懸命に揺する。だが、兄は一向に目覚めない。

少し考え、兄の手を取って自分の頭にのせてみた。よしよしと、兄がいつもそうしてくれるように動かしてみる。けれど、当然の如く、禰豆子が動かしていなければ兄の手は止まってしまう。

「ムムッ」

ふくれた禰豆子が「ムッ！」と兄のおでこに自分のおでこをぶつける。だが、兄は猪を頭突きで撃退した逸話を持つ母親ゆずりの石頭であった。

禰豆子の額が割れ、じんわりと血がにじむ。

痛みにポロポロと涙を流した禰豆子が、

「ムムーッ!!」

と両手で兄が横たわっている座席を叩く。

直後、炭治郎の体に火がつき、瞬く間に燃え上がった——。

「!?」

夢の中の炭治郎の体もまた炎に包まれていた。

「お兄ちゃん!! どうしよう、火が!」

「兄ちゃん!!」

驚く花子と竹雄を尻目に、火はすぐに消えた。だが、火の匂いの中に確かに感じた妹の匂いに驚愕する。

(禰豆子の匂いだ。禰豆子の血だ……禰豆子……禰豆子!!)

汽車の中に残した妹を思い、弾かれるように立ち上がった炭治郎の全身を、再び炎が包む。ほどなく炎が消えると、己の姿が変化していた。


短く切った髪。

鬼殺隊の隊服。

そして日輪刀。


(……覚醒してる。少しずつ……少しずつ)

夢から覚めようとしている――。

そう確信する炭治郎に、

「兄ちゃん……？」

竹雄や花子、そして茂までもが心配そうな顔を向けている。六太はわけがわからないのか不思議そうに兄を見つめている。

炭治郎は弟たちから目を逸らせた。とてもその顔を直視できなかった。

鬼を倒せば夢から覚める。

けれど、夢から覚めれば……。

「ごめん……行かないと……早く、戻らないと」

ごめんな、ともう一度言って駆け出す。

「兄ちゃん！」

「お兄ちゃん!!」

（……っ！）

弟たちの声を振り切り家から飛び出した炭治郎は、山の奥へと向かった。雪に覆われた山道を闇雲に駆ける。

（俺に夢を見せている鬼が近くにいるなら、早く見つけて斬らなければ……！　どこだ!?

早く……）

山の中を駆けまわりながら鬼の匂いを探る炭治郎の背中に、

「お兄ちゃんどこ行くの？」

「!!」

炭治郎の体が硬直する。

「今日は山菜、いっぱい採れたよ」

（っ……）

懐かしいその声に、炭治郎の両目に涙が浮かぶ。

今、自分の後ろに禰豆子がいるのだ。鬼になってしまった禰豆子ではなく、日の光の下で微笑んでいる妹が――。

「母ちゃん、こっちこっち」

「お兄ちゃんから急に火が出てきて」

追い打ちのように、茂と花子の声が聞こえてきた。様子のおかしい炭治郎を心配した家族が駆け寄ってくる。いつの間にか、また雪が降り始めていた。

「どうしたの炭治郎……それに、その恰好は」

母の戸惑うような声を背中で聞きながら、

（ああ……ここに居たいなあ。ずっと）

炭治郎がこみ上げる想いを、ぐっと噛みしめる。

（振り返って戻りたいなあ、本当ならずっとこうして暮らせていたはずなんだ。ここで。本当なら。みんな今も元気で……禰豆子も日の光の中で、青空の下で）

背後で禰豆子が小さく息を吐く気配がした。

口枷《くちかせ》をしていない妹の口元から、真っ白な息がもれるのが目に見えるようだった。

（本当なら。本当なら……俺は今日もここで炭を焼いていた。刀なんて触ることもなかった）

毎日毎日、炭を焼き、竹雄が初めて炭を売りに行くのを、心配と喜びのないまぜになった思いで家族とともに見送り、禰豆子が叩いて伸ばしてくれた餅を焼いて煎餅にする。春には美しく色づいた山を弟たちと歩く。

そんな平凡で幸せな生活が、この先もずっと続いていくはずだった。

（本当なら……本当なら!!）

ともすればあふれそうになる激しい感情を無理やり飲み下すと、炭治郎は一歩、また一歩と足を踏み出した。

（でも、もう俺は失った。戻ることはできない！）

キッと前を見据えた炭治郎が、決意を胸に雪の中を駆け出す。

その背中に、

「お兄ちゃん！」

一番下の弟の泣き声が追ってくる。

「置いて行かないで!!」

「っ……！」

兄に駆け寄ろうとした六太が雪に足を取られる。幼い弟が転ぶ音が聞こえても、炭治郎は足を止めなかった。

その頬を涙が流れ落ちる。

（ごめん、ごめんなあ、六太……もう、一緒にはいられないんだよ）

前へ進みながら、胸の中で末の弟に語りかける。

粉雪だったそれは、いつしか激しい吹雪へと変わっていた。

頬に吹きつける雪をこぼれ落ちる涙が溶かしていく。

（だけど、いつだって兄ちゃんはお前のことを想っているから。みんなのこと想っているから）

たくさん、ありがとうと思うよ。

たくさん、ごめんと思うよ。

忘れることなんて無い。

どんな時も、心は傍にいる。


(……だから、どうか許してくれ)

二度と戻ることのない幸福な日々に背を向け、炭治郎は泣きながら雪の中を駆けた。

✵

(早く……精神の核を破壊しなければ)

泣きながら山中を駆け抜けていく少年を、頬のこけた青年は痩せた木の陰に身を隠してやり過ごした。

そして、夢の端を探す。

ようやく見つけた夢の端に錐を突き立て、引き裂くと、その向こうにはどこまでも青い空と透き通るような湖が広がっていた。きらめく湖の上を歩く。

やわらかな風が青年の頬を撫《な》でた。

「これが、彼の心の中」

呆然《ぼうぜん》とつぶやく。

目の前に広がる幻想的な風景に、青年は圧倒された。

「……何という美しさ。どこまでも広い……そして、暖かい」

青年は己の成すべきことも、時の流れすら忘れて、その場に立ち尽くした。

✵

蝙蝠《こうもり》が羽を羽ばたかせて飛んでいく。

「ハァハァハァ」

じめじめとした暗い洞窟内を、細目の娘は懸命に進んでいた。とにかく岩肌が荒く、足下が凄《すさ》まじく悪い。

「精神の核はどこよ……」

急な岩壁をよじ登り横穴へ入ったところで、つい泣き言がもれた。

「ハァ……何なのよ。この無意識領域は……」

こんな薄気味悪い所だなんて聞いていない。蝙蝠どころか、もっと気持ちの悪い生き物まで出てきそうだ。

さっさと精神の核を破壊して、こんな所とはおさらばしたい。

「……あの気持ち悪い裸猪といい、ほんと、どうかしてる」

いらだちのままに愚痴を吐き出していると、背後で何か生き物の動く気配がした。

「フガアアアアア……ッ」

「えっ」

驚いて振り返った娘の目に、獰猛《どうもう》な顔をした例の猪男が立っていた。大きな口をガパッと開け、涎《よだれ》をたらしている。湿った息が娘の鼻先にかかる。

「いやあああ!!」

「ガアアアーッ!!」

岩の上をはいながら逃げる娘を、やはり四つんばいの恰好で猪男が追いかけてくる。娘は狭い横穴内を必死に逃げまどいながら声の限りに叫んだ。

「なんで無意識領域にいるのよ！　は、だ、か、い、の、し、し、がぁ!!」

「ガアアアー!!」

罵声に怒り狂ったのか、鋭い牙《きば》をむき出しにした猪男が足に嚙みつこうとしてくるのをなんとかかわし、ようやく見えた穴の出口から娘が飛び出す。

宙を舞った娘が、助かった……と安堵《あんど》したのも束の間、猪男はなおも追ってきた。

「ガーッ!!」

「ギャアアァー!!」

大きく口を開け、躍りかかってくる猪男を前に、娘の絶叫が岩だらけの無意識領域に響きわたった。

✡

「真っ暗だ……」

どこまでも闇が続く無意識領域の中を、眉毛《まゆげ》の濃い男は手探りで進んでいた。

「真っ暗で何も見えねぇ……ちくしょう……何なんだ、あの金髪のガキの無意識領域は」

ぼやきながら、しきりに両手を動かす。

「精神の核は手探りで見つけなきゃならねえのかよ」

ふざけんな、と辟易《へきえき》する男の背後で、シャキン、と金物の音が響いた。いやに甲高く、癇《かん》に障る音だ。

「何だ」

周囲を警戒する男の元へ、音がだんだんと近づいてくる。

ついには真後ろで聞こえた。

「…………」

男がおそるおそる振り返る。

——と、そこには植木鋏《ばさみ》を持った金髪の少年が立っていた。蠟《ろう》のように青ざめた顔に両目がギラギラと血走り、殺気立っている。

「何で男なんかが入り込んでやがる。クッソ害虫が。ここに入ってきていいのは禰豆子ちゃんだけなんだよぉ」

ブツブツといまいましげにそう言うと、男の耳の脇で植木鋏をジャキンと鳴らした。

呪うように言う。

「こ、ろ、す、ぞぉ」

「うわあああああーっ！」

耐えきれず男が逃げ出す。

無意識領域には誰もいないと聞いていたのに、なんであんなものがいるのか。

困惑と恐怖で動転する男の真後ろに、撒《ま》いたはずの少年がぴったりと張りついて、ボソボソとたずねた。

「禰豆子ちゃんはどこだ」

無機質な声が心底怖い。

「し、しらねぇよぉーっ！」

「じゃあ死ねぇ!!」

男の返答に激昂《げっこう》した少年が鋏を手に躍りかかってくる。

その両目はもはや、狂気に満ちていた。

稲妻を帯びた少年の鋏が男の着物を細切れにしていく。

「ギヤアアア――――ッ!!」

辛うじて身は切られていないが、もはや、時間の問題だろう。

「嫌だあああぁぁ!!」

「うらあああああ!!」

恥も外聞もなく泣き叫ぶ男に、少年が奇声を上げながら襲いかかる。

一際高い金属音とともに、真っ暗な無意識領域に一筋の閃光《せんこう》が走った……。


「――手こずってるな」

先頭車両の屋根に立つ魘夢が物憂げにつぶやく。

「どうしたのかなあ?　まだ誰の核も破壊できてないじゃないか」

あれだけ念を押して送り出したというのに――。

魘夢は霧に包まれた後部車両を見やりながら、そっと嘆息した。

「……まあ、時間稼ぎができているからいいけど」

第三章
夢の終わり

「ハァ、ハァ…………ハァ」

未だ夢から覚めることのできない炭治郎《たんじろう》は、雪深い山を駆け続けていた。炭治郎の行く手を阻むかのように、風がどんどん強くなってきている。吐き出す息が白い。肺まで凍ってしまいそうだ。

炭治郎は足を止めると、周囲を見まわした。

（いない。匂いはするんだ。かすかに。でも、何だこれは。膜がかかっているようだどこからでもかすかに鬼の匂いがする）

場所を特定できない。

「早くしないと……!! 禰豆子《ねずこ》が血を流している。他のみんなも眠っているなら、相当まずい状況だ」

どうすれば……。

容赦なく吹きつける雪に視界を奪われながら、炭治郎は再び雪の中を駆けまわった。

（俺は全集中《ぜんしゅうちゅう》の呼吸を使えていないのか？　今はただ眠っているだけなのか……！）
焼けつくような焦燥に駆られていた、その時――。

――炭治郎。

（っ……!?）

背後に懐かしい気配を感じた。

――刃《やいば》を持て。斬るべきものはもう在る。

父の声なき声が告げる。

「……っ……」

炭治郎が振り向いた瞬間、父の気配は消え去った。
胸の中で父の言葉を反芻《はんすう》する。
（斬るべきものは在る……）
炭治郎の利き手が日輪刀《にちりんとう》に伸びる。手になじんだ柄《つか》の硬い感触が伝わってきた。

（斬るべきもの……目覚めるために）

刀を抜くと、いつの間にか吹雪は弱まっていた。しんしんと雪が積もっていく。黒い刀身が雪の白さを受けてかすかに輝いた。

（わかったと思う。でも、もし違っていたら？　夢の中の出来事が現実にも影響する場合、取り返しが……）

炭治郎の目に躊躇《ためら》いが浮かぶ。

それを振り払うように瞼《まぶた》を閉じると、刀の柄をぎゅっと握りしめた。

（迷うな!!　やれ！　やるんだ！）

己を鼓舞し、炭治郎が自身の首に刃先を近づけ、もう片方の手を峰に添える。

（夢の中の死が現実につながる。つまり、斬るのは――）

自分の首だ。

「うおおああああ!!」

刃を首筋に押しつけ、前方へ引く。

どこまでも白い雪を、真っ赤な血飛沫《ちしぶき》が汚した。

「うああああああああ!!」


座席の上で飛び起きた炭治郎は、とっさに手のひらで首を押さえた。

首はつながっていた。

傷一つついていない。

「ハァハァハァハァ……」

死の実感があまりにも生々しかった。まだ、心臓がドクドク波打っている。呼吸が上手《うま》くできない。

「大丈夫……生きてる」

息を整えながら懸命に己を落ち着かせていると、背後に妹の匂いがした。振り向いた先に、禰豆子の不安そうな顔があった。

夢の中で妹の血の匂いがしたことを思い出し、

「禰豆子、大丈夫か⁉」

勢いよく顔を寄せると、禰豆子が兄の石頭を警戒するように両手で額を隠した。

「ムゥー」

「禰豆子……」

安堵《あんど》のあまり涙がこぼれた。

そして、あ、と我に返る。他の皆はと慌てて周囲を見やる。

「善逸《ぜんいつ》、伊之助《いのすけ》、煉獄《れんごく》さん——えっ」

煉獄の腕の先で首を締め上げられている娘の姿にぎょっとする。どういう状況なのかまったくわからない。

(誰なんだ、この人たち……)

見れば、眠りに落ちる前にはいなかった四人の男女の姿があった。

(手首を縄で繋《つな》がれてる……縄……！)

炭治郎は自分の手首に巻かれた縄に気づき、まじまじと見つめた。

(何だこれ？　焼き切れてる。禰豆子の燃える血か？　微《かす》かだけど、鬼の匂いもするぞ)

しかも、覚えのある匂いだった。

「この匂い……切符！」

炭治郎が羽織の中に手を入れ、切符を取り出す。鼻に近づけ、思わず顔をしかめる。

（やっぱり、これもかすかに鬼の匂いがする。切符を切った時に眠らされたんだな。鬼の細工がしてあるんだ）

あの時に感じた嫌な匂いを思い出す。

おそらく、車掌がこれに鋏《はさみ》を入れた時から、自分たちは夢の中に囚われていたのだろう。

（これだけ微量の匂いで、これ程の強い血鬼術《けつきじゅつ》を……）

それだけ、強い力を持った鬼ということか——。

眉《まゆ》をひそめた炭治郎が、仲間たちの手首に結ばれた縄を見つめる。なんの特徴もないごく普通の荒縄に見えた。反射的に刀を手にしたものの、なぜかためらわれた。

（…何だろう）

この縄を日輪刀で断ち切るのは、よくない気がする。

「禰豆子、頼む。みんなの縄を燃やしてくれ！」

兄の頼みにこくりとうなずいた妹が、まず善逸の縄に火をつけた。

伊之助、煉獄の縄を次々と燃やしていく。

炭治郎は縄から解放された善逸の両肩に手を置くと、

「善逸、起きろ！」

と大きく揺すった。

「起きろ、善逸。起きるんだ！」

だが、善逸は幸せそうに眠っている。

続いて隣で眠る伊之助の体を揺すり、

「起きろ、伊之助！　頼む」

懇願するように名を呼ぶも、伊之助は心地よさそうに眠ったままだ。

「伊之助……」

炭治郎が途方に暮れていると、禰豆子がふくれ顔で「ムーッ」と顔を近づけてきた。

「よしよし、ごめんな。ありがとう。頑張ったな、禰豆子」

表情をゆるめた炭治郎が、やさしく妹の髪を撫《な》でる。そして、眠りこける友人たちに視線を向けた。

（だめだ。二人共起きない……どうしたら）

「煉獄さ――」

名を呼びながら振り返ると、一人の娘が突進してきた。鬼気迫る表情で鋭い錐《きり》の先をこちらへ向けている。

「うあああっ!!」

唸《うな》り声を上げながら錐で突いてくる娘に、炭治郎が妹を抱え身をそらす。

「なんだ!?」

「ハァハァハァ……」

娘が荒い息を吐きながら、錐を構え直す。

先程、煉獄に首を締め上げられていたおさげ髪の娘だ。

（この人、鬼に操られているのか？）

とっさにそう考えたが、娘の目には明らかな生気が、憎しみがあった。

娘が血走った両目で炭治郎を睨《にら》みつける。

「邪魔しないでよ！　あんたたちが来たせいで、夢を見せてもらえないじゃない!!」

「!!」

（自分の意志で……？）

気づけば、他の男女二人も立ち上がり錐を構えている。

「何してんのよ、あんたも起きたら加勢しなさいよ！」

おさげ髪の娘が炭治郎のいた席の背面に座る青年に、いらだたしげに告げる。

「結核だかなんだか知らないけど、ちゃんと働かないなら、あの人に言って夢を見せてもらえないようにするからね！」

罵声を浴びせられた青年が、無言で立ち上がった。

書生のような恰好《かっこう》をしたその青年は顔色が悪く、頬《ほお》がやせこけ、両目の下に濃い隈《くま》があった。

彼からは他の三人のような害意を感じなかった。

(俺と繋がってた人だろうか。結核……病気なんだ……可哀想に)

炭治郎が青年の様子に胸を痛める。

――と同時に、怒りがわき上がってきた。隊服の脇で両手をぐっと握りしめる。

(許せない鬼だ。人の心につけ込んだ……)

静かな怒りに満ちた炭治郎は顔を上げると、己に錐を向ける三人を見つめ「ごめん」とわびた。

「俺は戦いに行かなきゃならないから」

そう言い、流れるような動きで善逸とつながっていた男、伊之助とつながっていた娘の急所に手刀を浴びせる。二人は声もなくその場に倒れた。

「ハァ、ハァ……うわあああ!!」

がむしゃらに突っ込んできたおさげ髪の娘をかわし、首の付け根を手刀で打つ。娘は呆気《あっけ》なく昏倒した。

その華奢《きゃしゃ》な背中を炭治郎が悲しげに見つめる。

「幸せな夢の中にいたいよね。わかるよ」

ほとんど聞き取れぬ程の声でささやく。

「俺も夢の中にいたかった……」

あの中なら、この先も家族と生きていけた。

母や竹雄、花子、茂、六太も死ぬことなく、禰豆子も人のまま日の光の下で微笑《ほほえ》んでいられた。

「これが夢だったらよかったのに——」

そうつぶやく炭治郎の横顔を、痩せた青年がじっと見つめていた。


青年は先程まで夢を介してつながっていた少年を見つめた。

少年はとても悲しい顔をしていた。

その横顔に、

（僕は……）

と胸の中で話しかける。

（この病の苦しみから逃れられるなら、人を傷つけても良いと思っていた。でも、君の夢の中、心の中は暖かかった）

青年は少年の無意識領域での出来事をそっと思い出した。


あまりにも美しい光景に立ち尽くしている青年の前に、どこからともなく光る小人たちが現れると、そのうちの一人が青年の手を取った。

小人の手は小さく、とてもやわらかかった。そして、病に冒《おか》された胸に染みるように暖かい。

『君たちはこの人の心の化身だね』

青年は小人に手を引かれて歩きながら、どこまでも続くような青い空をながめた。空にも小人が飛んでいる。風に乗ってとても気持ちよさそうだ。

すべてが、キラキラと輝いている。

こんなにも綺麗《きれい》な無意識領域を持つあの少年は、どんな人物なのだろう。

『……ここは澄みきっていて心地いい』

ぽつりと言う。

その足が不意に止まった。

青年の目の前に小さな太陽のようなものが浮かんでいた。

『これは……精神の核。なぜ、見せるの……?』

狼狽《ろうばい》する青年をよそに、小人は片手を上げてみせた。まるで、どうぞ、とでもいうようなその仕草に、青年の胸が疼《うず》いた。

『僕が探していたから……連れてきたのかい?』

思わず声が震えた。

気づけば両膝《りょうひざ》をついてその場にうずくまっていた。

『そんな……僕は壊そうとしていたのに……どうして……』

青年は己のしようとしていたことへの恥ずかしさに、ただ泣き崩れた……。


(君の中にいた光る小人が僕の心を照らしてくれた)

青年が胸の中で少年へ告げる。

少年のもとに妹らしき少女が駆け寄り、飛びついた。少年がやさしい眼差《まなざ》しを少女へ向ける。

そして、青年の視線に気づくと、

「——大丈夫ですか？」

心配そうにたずねてきた。

青年は小さく微笑んだ。

大丈夫だよ。君のお陰で、こんなことは間違いだと気づけたから。君の小人が僕の心を明るく暖かく照らしてくれたから——。

「……ありがとう。気をつけて」

「えっ……」

いきなり礼を言われたことに少年は驚いたようだったが、すぐに明るい笑顔になると、

「はい！」

と応えた。

「禰豆子！」

少年が少女の名を呼ぶ。

手を取り合って前方車両へと駆け出していく二人の背中を、青年はいつまでも見守って

いた。

✵

「──ぐっ」

連結部の戸を開けた炭治郎は、風に乗って届く強烈な鬼の匂いに、思わず隊服の袖で己の鼻を覆った。

(凄《すご》い匂いだ。重たい……!!　この風の中、鬼の匂いがここまで……!!)

周囲に鬼の姿はない。

それで、ここまでの匂いを発するのか。

そもそも、

(こんな状態で眠ってたのか俺は……客車が密閉されていたとはいえ、信じられない。ふがいない!!)

己の至らなさに歯嚙《はが》みした炭治郎が、列車の外に顔を出す。痛いくらいの風が髪を弄《なぶ》る。

(鬼は風上……先頭車両か?)

推測し、連結部の天井部分をつかんで屋根へ飛び乗る。凄《すさ》まじい風圧に体を吹き飛ばされそうになりながら、「禰豆子は来るな!!」と連結部に残った妹に向けて声を張った。

「危ないから待ってろ。みんなを起こせ!」

そう言い終えると、その場に立ち上がった。

体を起こしたことで風圧がさらに強くなる。少しでも油断すると、列車から放り出されてしまう。

炭治郎は心持ち前かがみの体勢で、前方車両へと駆け出した。

鬼の匂いがさらに強くなっていく。

「! っ……」

炭治郎の足が止まる。

屋根の上に洋装姿の男が立っていた。

男がゆっくりとこちらを振り返る。

その左目に『下壱』の文字が禍々《まがまが》しく刻まれている。

「あれぇ起きたの? おはよう」

場違いな程のんびりとした声で言うと、男は炭治郎に向けひらひらと手を振ってみせた。

「まだ、寝てて良かったのに」

そう言いながら手のひらをこちらへ向ける。左手の甲に口があった。

（こいつが……）

刀の柄に手をかけた炭治郎が、男――下弦《かげん》の壱《いち》を睨みつける。

その目つきの険しさに鬼の男が、

「なんでかなぁ」

とさも不思議そうに言う。

「せっかく、良い夢を見せてやっていたでしょう。お前の家族みんな惨殺する夢を見せることもできたんだよ？　そっちの方がよかったかな？　嫌でしょ？　つらいもんね」

粘っこく微笑みながら告げる鬼に炭治郎が言葉を失う。

何を言っているんだ、この鬼は。

意味が解らない。

理解できない。

すると鬼が愉《たの》しそうに笑って言った。

「じゃあ、今度は父親が生き返った夢を見せてやろうか」

「!!」

怒りで全身が粟立《あわだ》つ。

炭治郎は迸《ほとばし》る怒りのままに刃を抜いた。

✵

——ふふっ。

魘夢《えんむ》が笑う。

目の前の鬼狩りの少年のむき出しの怒りが、憎悪が心地よかった。

もっと怒ればいいのに、と思う。

(本当は、幸せな夢を見せたあとで悪夢を見せてやるのが大好きなんだ。人間の歪《ゆが》んだ顔が大好物だよ)

たまらないよね、と魘夢が唇を歪めて笑う。

不幸に打ちひしがれて苦しんでもがいてる奴をながめていると、楽しくて仕方がない。

(だけど、俺は油断しないから、回りくどくても確実に殺すよ。鬼狩りはね)

インクに魘夢の血を混ぜた切符を車掌が切って、鋏痕《きょうこん》をつければ——。

（術が発動する）

いわゆる遠隔術だ。面倒でもこれが一番気づかれにくい。

（それなのに……）

魘夢は口元の笑みを消し、目の前に立つ鬼狩りの少年を見つめた。

この少年はこうして夢から目覚めている。

それが解せなかった。

（何でコイツは起きたのかな。短時間で覚醒条件も見破った。幸せな夢や都合のいい夢を見ていたいっていう人間の欲求は、凄まじいのにな）

魘夢が不可解な思いで少年を見つめていると、少年が刃を構えた。

黒色の日輪刀が闇夜に鈍く光る。

「人の心の中に土足で踏み入るな！」

少年が怒気もあらわに叫ぶ。

「俺はお前を許さない」

列車の走行音にすら掻《か》き消《け》されない少年の怒声が魘夢まで届く。

だが、魘夢には少年の言葉などどうでもよかった。

それよりも、少年の耳元で揺れる飾りの方が気になった。

（あれぇ？　耳に飾りをつけてるな。運がいいなぁ、早速来たんだ俺の所に）

――耳に花札のような飾りをつけた鬼狩りを殺せば、もっと血を分けてやる。

鬼舞辻無惨《きぶつじむざん》の言葉を思い出し、魘夢が思わず笑みをもらす。

先だって、血を分けてもらった時の歓喜と興奮が蘇ってきた。

両腕を上げ、天を仰ぐ。

（夢みたいだ。これでもっと無惨様の血を分けていただける。そして、もっと強くなれたら、上弦《じょうげん》の鬼に入れ替わりの血戦を申し込めるぞ）

ほうっと息を吐く魘夢の前で、少年が腰を低く落とした。体重を踵《かかと》からつま先へ移動させる。

「水の呼吸　拾《じゅう》ノ型　生生流転《せいせいるてん》」

あたかも水の龍を宙に描くような動きで斬り込んでくる少年に、魘夢が左手を構える。

「血鬼術《けっきじゅつ》」

左手の甲に開いた口が「ギーッ」と低いうめき声をもらす。

「強制《きょうせい》昏倒催眠《こんとうさいみん》の囁《ささや》き。お眠りィイイ～」

甲に浮かんだ唇が歌うようにささやく。

これで、お終《しま》い。

少年は瞬時に眠りに落ちるはず――だった。

だが、少年は足を止め大きく仰《の》け反《ぞ》りはしたものの、眠りには落ちず、魘夢を睨みつけてきた。

(眠らない？)

内心小首を傾《かし》げる魘夢に、身を起こした少年があらためて斬りかかってきた。思いの外、鋭いその太刀を身を反らせて避けると、再び斬りつけてきた。宙を舞うように大きく飛んで刃を避けた魘夢が、右手を屋根について優雅に着地する。

「眠れ」

左手の甲を少年へ向け、新たに術をかける。

少年はやはり大きく仰け反った。白目をむいている。

だが、昏倒はせず、左右に大きくよろけた。列車から落ちそうになりながらもどうにか体勢を立て直し、再度向かってきた。

魘夢は背後に飛ぶと、

「眠れ」

とより強い声音で命じた。

だが、少年は先程と同じく、一瞬白目になってよろけるものの、眠りに落ちることはない。馬鹿の一つ覚えのように斬りかかってくる。しつこい子供だ。

「眠れ。眠れぇ。ねぇむぅれぇぇぇぇぇ〜!!」

いらだった魘夢の左手が、半ば叫ぶように術を唱える。

それでも少年は眠らない。

何度、術をかけられても構わず向かってくる。

不可解、極まりない。

(効かない。どうしてだ?　いや、違うこれは、コイツは何度も術にかかっている)

少年の繰り出す刃をかわしながら、その様子を注意深く観察していた魘夢は、やがてそう結論づけた。

(かかった瞬間にかかったことを認識して、覚醒のための自決をしているのだ)

何度も。

何度も。

何度も――。

夢の中で自分を殺し、向かってくる。

(夢の中だったとしても自決するということは、自分で自分を殺すということは、相当な胆力がいる。このガキは)

まともじゃない。

魘夢はなおも自分を真っ直ぐにねめつけ、斬りかかってくる鬼狩りの少年に、尋常ならざるものを感じた。

故《ゆえ》に、見せる夢を変えた。

この不気味な子供に、幸せな夢ではなく……おぞましい悪夢を与えた。

天から降ってくるのは赤い雪だ。

しんしんと血色の雪が降り注ぐ。


夢の中、炭治郎は戸口に立っていた。

弟の六太が泣いている。

「何で助けてくれなかったの?」

しゃくり上げながらつぶやく六太を前に、炭治郎がなす術《すべ》もなく立ち尽くしていると、家の奥から現れた竹雄に突き飛ばされた。

「俺たちが殺されている時、何してたんだよ」

竹雄の後ろで茂もこちらを睨んでいる。

不意に背後から伸びてきた手が、炭治郎の袖をつかんだ。

「自分だけ生き残って……」

花子が暗い声で言う。

不意に視界が暗転する。

炭治郎は父の寝ている部屋に食事を運んでいた。
父は味噌汁《みそしる》の入った椀を炭治郎の額に投げつけると、
「何のためにお前がいるんだ。役立たず」
冷たい目でそう罵った。

再び視界が暗転する。

炭治郎の足元に竹雄、花子、茂の三人が血だらけで倒れていた。

また、暗転――。

いつの間にか、戸口の外に六太の骸《むくろ》を抱えた母が立っていた。
母は肩越しに振り返った炭治郎に、

「アンタが死ねば良かったのに」

そう吐き捨てた。

「よくものうのうと生きてられるわね」

「――っ!!」

その瞬間、炭治郎の怒りが頂点を越えた。


「言うはずが無いだろう、そんなことを!!　俺の家族が!!」


現実の世界で怒声を上げた炭治郎が、屋根を蹴り、鬼に向かって刃を振りかざす。

「俺の家族を侮辱するなァアアアアア!!」

怒りの刃が鬼の頸《くび》を刎《は》ね飛ばす。

宙を舞った鬼の頭部が、鈍い音を立てて屋根の上へと落ちた。

続いて、頭を失った鬼の体がその場に倒れる。

「………」

炭治郎は未だあふれ出る怒りを無理やり飲み下すと、屋根の上に転がる鬼の頸を見やった。それから、鬼の胴体を見る。なんだこれは？　本当に頸を斬ったのか？

（手応えが殆ど無い。もしや、これも夢か？　それともこの鬼は彼よりも弱かった？）

那田蜘蛛山《なたぐもやま》で戦った鬼の少年を思い出す。

家族を欲し、偽りの家族を作り、恐怖という楔《くさび》で支配していた少年。

彼はこの鬼よりもずっと強かった。炭治郎兄妹《きょうだい》の恩人であり水柱《みずばしら》である冨岡義勇《とみおかぎゆう》が駆けつけてくれなければ、炭治郎は今ここにいなかっただろう。

すると、頸を斬られて死んだはずの鬼が、

「……あの方《かた》が」

とつぶやいた。

「柱《はしら》に加えて耳飾りの君を殺せって言った気持ち、凄くよくわかったよ」

声が強いいらだちを帯びる。鬼の頸の血管がドクンと波打ち、直後、周囲の肉が見る見る膨れ上がった。

肥大化した肉の塊が汽車の屋根に根を張り、鬼の頭部を天高く持ち上げる。

「存在自体が何かこう、とにかく癪《しゃく》に障って来る感じぃ」

口の端から血を流しながら鬼が告げる。

(死なない⁉)

炭治郎が驚きを顔に出すと、

「素敵だね、その顔」

ねっとりと鬼が笑う。

「そういう顔を見たかったんだよ。うふふ。頸を斬ったのにどうして死なないのか、教えて欲しいよね。いいよ。俺は今気分が高揚してるから。赤ん坊でもわかるような単純なことさ。うふふっ」

ゆらゆらと不気味に揺れながら、鬼の頭部が饒舌《じょうぜつ》に語る。

その両目が炭治郎の背後にある胴体部を映す。

「それがもう本体ではなくなっていたからだよ。今喋《しゃべ》っているこれもそうさ。頭の形をしているだけで頭じゃない」

鬼はそう言うと、自ら頭ではないと告げた代物《しろもの》に、歪《いびつ》な笑みを浮かべてみせた。

「君がすやすやと眠っている間に、俺はこの汽車と融合した‼　この列車の全てが俺の血であり肉であり骨となった」

そのおぞましい言葉に、炭治郎の顔から血の気が引く。

鬼はうふふっと喉《のど》の奥で嗤《わら》い、かつて頭部だったものを震わせた。

「その顔！　わかってきたかな？　つまり、この汽車の乗客二百人余りが俺の体をさらに強化するための餌《えさ》。そして、人質」

突きつけられる現実に、炭治郎のこめかみを冷たい汗が伝う。

鬼の言葉に嘘《うそ》や誇大はない。

この汽車は今や鬼そのものだ。

その客車にいる乗客は鬼の口の中にいる。それらをいつ飲み込んでいつ消化するかもすべては、鬼次第——。

炭治郎の心を読んだように鬼が嘲笑《ちようしよう》する。からかうような声で、

「ねぇ、守り切れる？　君は一人で、この汽車の端から端までうじゃうじゃとしている人間たちすべてを、俺におあずけさせられるかな？」

「くっ！」

炭治郎が刃を構え、斬りかかる。

「ふふふっ」

鬼はそれより早く、その巨大な肉塊を汽車へと溶かし込むようにして、姿を消した。

あとにはただの屋根があるだけだ。

(どうする……どうする!!)

炭治郎が奥歯をぎゅっと嚙みしめる。この先、一瞬の判断の遅れが命取りになる。それも、自分だけではない、仲間やこの列車の乗客二百人からの命が危険に晒される。

(一人で守るのは二両が限界だ。それ以上の安全は保障ができない……!!)

炭治郎の頭に妹と二人の友、そして炎柱《えんばしら》の顔が浮かぶ。

「煉獄さん……善逸、伊之助ーっ! 寝てる場合じゃない!! 起きてくれ、頼む!!」

風の音に掻き消されぬよう、あらんかぎりの声で叫ぶ。

「禰豆子ーっ!! 眠っている人たちを守るんだー!!」

続けて妹へ叫びながら、彼らのいる後方車両へと駆け出す炭治郎の耳に、

「オオオウォオオオ」

猛々《たけだけ》しい叫び声と鉄を穿《うが》つ音が聞こえた。

後方の客車の屋根を突き破って猪頭が飛び出す。黒々とした車体の破片が周囲に飛び散る。

「っ……!」

「ついて来やがれ子分共!! ウンガァアアア!!」

足を止めた炭治郎の顔に安堵の色が広がる。

伊之助だ。

起きてくれたのだ。

「爆裂覚醒《ばくれつかくせい》!! 猪突猛進《ちょとつもうしん》!!」

友は闇夜にそう叫ぶと、刃こぼれのあまり鋸《のこぎり》のようになった二本の日輪刀を、宙で勇ましく構えた。

「伊之助様のお通りじゃアアア!!」

✵

「伊之助ーっ! この汽車はもう安全な所が無い。眠っている人たちを守るんだ!!」

二両先の屋根の上から炭治郎が叫んでいる。

ともすれば風の音に掻き消されそうな声を精一杯張り、青ざめた顔で何かを伝えようとしている。

「この汽車全体が鬼になってる!!　聞こえるか!!　この汽車全体が鬼なんだ!!」

「!!」

炭治郎の言わんとしていることを理解した伊之助が、その身を震わせた。腹の底から歓喜が、闘争心がわき上がってくる。

「やはりな……俺の読み通りだったわけだ。俺が親分として申し分なかったというわけだ!!」

喜びの声を上げると、伊之助は自分の空《あ》けた穴から客車へ飛び降りた。

なるほど、先程までとはまるで様子が違っている。客車全体のあちらこちらから不気味な肉の触手のようなものが伸び、眠る乗客に迫っている。エサを喰《く》らおうとしているのだ。

「獣《ケダモノ》の呼吸　伍《ご》ノ牙《きば》　狂《くる》い裂《ざ》き!!」

伊之助の二本の刃から放たれる斬撃が、鬼の触手を次々と切断していく。伊之助は鬼の腹と化した客車内を駆け抜けながら、止まることなく刃を振るった。荒々しい太刀筋で、しかし乗客を器用に避けて切り刻む。

「どいつもこいつも俺が助けてやるぜ!!　須《すべか》らくひれ伏し!!」

行く手を阻む戸を鬼の肉ごと蹴破り、

「崇《あが》め讃《たた》えよこの俺を!!　伊之助様が通るぞォオ!!」

高らかに伊之助が叫んだ。

屋根の下から伊之助の勇ましい叫び声と斬撃音が聞こえてくる。その迷いのなさがなんとも心強い。

炭治郎が列車前方へと向き直る。

「俺も乗客を助けないと、伊之助がここを守ってくれるなら、俺はその先へ！」

炭治郎が駆け出そうとすると、車体が大きく揺れた。

「くっ」

思わずよろけた炭治郎が屋根の上で踏ん張る。線路の蛇行による揺れとは明らかに違った。

すると、今までただの屋根だった場所に、鬼の肉がぼこぼこと浮かび上がってきた。見れば、列車の外部を分厚い鬼の肉が覆っている。

肥大化した列車は、数多《あまた》の触手を生やし、炭治郎に襲いかかってきた。

炭治郎は横に飛んでそれを避けると、屋根の縁《ふち》に両手をかけ、両足で窓を蹴破って車内に入った。

果たして、客車内はすでに鬼の肉に侵されていた。

「!!　もう……こんなに――」

愕然とする暇《いとま》もなく、ぶよぶよに膨れ上がった触手が前後左右から迫ってくる。

すぐさま身を起こした炭治郎が、

「水の呼吸　壱ノ型　水面斬《みなもぎ》り」

鋭い刃で鬼の触手を切り裂く。

だが、次から次へと肉が盛り上がっていく。

（まずい、これはキリがない。どう防いだらいいんだ）

立て続けに技を放ちつつ、炭治郎が困惑する。


――ふふふふふ。


その様子を汽車と一体化した魘夢は楽しげにながめていた。

（鬼狩りめ。俺の体の中でちょこまかと。斬っても斬っても俺は再生する。そして、お前らが力尽きた後で）

二百人の乗客をゆっくり食べてあげるからね――。

魘夢はまるで心地よい夢の中にいるように、そっと微笑んだ。

第四章
死闘

鬼の体内と化した車内で、禰豆子《ねずこ》は一人、乗客を守り戦っていた。

襲いかかる肉を足で蹴り破り、乗客に伸びる触手を爪で切り裂く。

鬼の肉や触手は禰豆子の一蹴りで吹き飛ぶぐらいの強さしかない。だが、次から次へと伸びてくる。

多勢に無勢状態に、禰豆子の顔に焦りが見え始める。

何せ、守る対象が多すぎる。

そうしている間にも、背後で乗客の男が触手に飲み込まれようとしていた。すかさず爪で切り裂こうとしたとたん、腕を鬼の肉にからめとられた。

「ん!!」

もう一方の手で解こうにも、床から伸びてきた触手にそちらの腕も拘束されてしまう。

いつの間にか両足も鬼の肉に捉《とら》えられていた。

「!　んっ!!」

動きを封じられ、禰豆子が懸命に身をよじる。

だが、鬼の肉はじわじわとその締めつけを強めていく。着物の上から四肢を圧迫され、

「んーっ!!」

痛みに禰豆子が顔をしかめた、その時——。


まるで稲妻のように現れた人物が、禰豆子の体を縛り上げる触手を切断した。

低く刀を構えたその人物は、独特の呼吸音をもらすと、

「雷の呼吸　壱《いち》ノ型　霹靂一閃《へきれきいっせん》——六連」

目に見えぬ速さで、周囲の触手を切り裂いた。

そして、禰豆子の前に軽やかに着地すると、

「禰豆子ちゃんは俺が守る」


そう告げた。

禰豆子は大きく目を瞠《みは》ると、自分をかばうように立つ少年の後ろ姿を呆然《ぼうぜん》と見つめた。

タンポポのような髪の少年だった。

目に見えぬ程に速く、そして強い。

——だが、彼が恰好良《かっこう》かったのはそこまでで、なぜかがくりと首を横に倒すと、

「守るっ……フガフガ、ピプー」

「………」

「ンガッ……！」

盛大な鼻ちょうちんを出して眠る珍妙な少年を、禰豆子は先程とはまた違った意味で呆然と見つめた……。

✵

炭治郎《たんじろう》は善逸《ぜんいつ》の斬撃音を別の車両で聞いていた。むろん、それが仲間の放ったものだとは知らずに——。

（落雷のような音……後ろの車両か⁉）

状況がわからない。

（善逸は起きたのか？　煉獄《れんごく》さんは⁉　禰豆子は……‼）

不安ばかりが大きくなっていく。

だが、立ち止まって悠長に考えている暇はない。

肥大する鬼の肉が、触手が、乗客を喰《く》らおうと手ぐすねを引いて待っている。

炭治郎は絶え間なく刃《やいば》を振るった。

鬼の触手は斬られても斬られても再生する。

（目の前の人たちを守るので精一杯だ。まずいぞ、どうする。連携がとれない。後ろの車両の乗客は無事だろうか……くそォ、狭くて刀も振りづらい‼）

注意を怠れば、守るべき乗客にまで当たってしまう。技によっては使えないものもある。

だが、刻一刻と時は過ぎていく。

体力ばかりか、精神もじりじりと摩耗していくのがわかる。

炭治郎は襲いかかる触手を斬り捨てると、奥歯をぐっと嚙《か》みしめた。

同じ頃――。

後方の車両では煉獄が「うーん」とつぶやきながら、通路を進んでいた。

その足元には、今しがた煉獄が放った斬撃によって切り刻まれた鬼の肉が、無数の塵《ちり》となっていた。

「うたた寝している間にこんな事態になっていようとは!! よもやよもやだ!!」

大声で独り言《ご》ちる煉獄に、新たな鬼の触手が迫る。

「柱《はしら》として不甲斐なし!!」

煉獄は足を止めると、

「穴があったら」

刀を頭上へと構えた。その全身に紅蓮《ぐれん》の炎の如き闘気が満ちる。

両足で軽やかに飛んだ煉獄は、

「入りたい!!」

そう叫ぶと、己に迫る触手のみならず、窓、天井、床に浮き出た鬼の肉へと、続けざまに斬撃を放った。
それに列車が大きく揺れる——。

✵

「っ……!?」

大きく前へ傾《かし》げた客車に炭治郎が足を取られて、通路を転がる。幸い、連結部の戸にぶつかって止まったが、

(なんだ今の、鬼の攻撃か?)

慌てて身を起こす。

——と、目の前に炎柱《えんばしら》の顔があった。

「竈門《かまど》少年!!」

「煉獄さん!」

それこそ煙のように現れた煉獄に炭治郎が両目を見開く。

「ここに来るまでにかなり細かく斬撃を入れて来たので、鬼側も再生に時間がかかると思うが、余裕は無い!! 手短に話す!」

「はい！」

炭治郎は素早く答えた。必死に頭を回転させる。

「この汽車は八両編成だ。俺は後方五両を守る」

煉獄が片手を広げ、炭治郎の鼻先につきつける。

「残りの三両は黄色い少年と竈門妹が守る。君と猪頭少年《いのがしら》は、その三両の状態に注意しつつ鬼の頸《くび》を探せ」

「頸!?　でも、この鬼は――」

汽車と一体化してしまった……と言いかける炭治郎に、煉獄はずいっと顔を寄せた。まさに目と鼻の先に煉獄の顔がある。

「どのような形になろうとも鬼である限り急所《くび》はある!!」

きっぱりと言い切った。

その言葉に、炭治郎の中の霧が晴れたような気がした。心がふっと軽くなる。

「俺も急所を探りながら戦う。君も気合を入れろ」

そう言うと煉獄はすっと立ち上がった。

炭治郎に背を向ける。

直後、大きな振動とともに、煉獄の姿はもうその場から消えていた。

（凄い……！　見えない。さっきのは煉獄さんが移動した揺れだったのか）

炭治郎が呆然と煉獄の消えていった後方車両を見つめる。

（状況の把握と判断が早い）

いつ目を覚ましたのかわからないが、即座に現状を認識、的確な指示を与えて去っていった。しかも――。

（五両を一人で……）

一両でも相当な集中力を要するというのに。これが『柱』の実力なのかと考え、はっと我に返る。

（感心している場合じゃないぞ、馬鹿！　やるべきことをやれ）

気合を入れて立ち上がると、炭治郎は背後の戸を見やった。鬼の肉でガチガチに固まった戸に、自身の体をぶつける。

（鬼の匂いがどんどん強力になってる。急げ！！）

何度か肩で押し込むと、ようやく戸が外れた。引き戸ごと床に倒れた体を素早く起こし、炭治郎は通路を駆けた。

「伊之助《いのすけ》！！　伊之助どこだ！！」

「うるせぇ、ぶち殺すぞ！！」

間髪入れずに伊之助の不機嫌そうな声が返ってくる。

炭治郎が客車の天井を見上げる。

「上か!!」

それに応えるように、列車の屋根の上を人が駆ける音と振動が伝わってきた。

「ギョロギョロ目ん玉に指図された！　ギイイイ〜!!」

人に指示されることを嫌う伊之助が歯ぎしりする様が見えるようだ。

だが一方で、その声はわき上がる興奮を抑えているようにも聞こえた。炭治郎がそうであったように、伊之助もまた柱である煉獄の実力を目の当《ま》たりにしたのだろう。

「でもなんか……なんか……なんか凄かった。腹立つぅぅう!!」

「伊之助!!　前方の三両を注意しながら――」

一両目に続く戸を無理やりこじ開けながら、炭治郎が頭上の友に叫ぶ。

「わかってるわァァァ!!」

炭治郎がみなまで言う前に、伊之助が怒鳴り返してきた。

「そして、俺は見つけてるからな。すでにな!!　全力の漆《しち》ノ型で。この主《ヌシ》の急所!!」

「!!　そうか!!　やっぱり……前方だな？」

「そうだ前だ!!　とにかく前の方が気色悪いぜ!!」

（強い風のせいで匂いが流れてわかりづらかったが、伊之助が言うならきっと間違いない）

「石炭が積まれている辺りだな！」

詳細な場所を詰める炭治郎に、

「そうだ！」

と返す伊之助の声に迷いはない。

「わかった！」

一車両目の乗車デッキで鬼の匂いを嗅ぎながら、炭治郎がうなずく。

「よし、行こう!! 前へ!!」

デッキの屋根の縁《ふち》に手をかけ、風圧に負けじと屋根の上に飛び乗る。

伊之助のあとを追って運転室へと駆け出しながら、炭治郎は強く心に思った。

俺も役に立たなければ、皆《みな》を守らなければ、と――。

炭水車の石炭の上で伊之助が立ち止まる。その目は猪頭の下から、射抜くように運転室を見据えた。

「ここか」

この下から特別気色の悪い感じがする。

石炭の上から宙へと舞った伊之助が、

「オリャアア!!」

二本の刃で運転室の屋根を斬りつけ、吹き飛ばす。

「オッシャアア!!」

雄たけびを上げながら室内に降り立つと、運転手が驚いた顔を向けた。

石炭を燃やし続けているせいか、室内はむっとする程熱かった。それ以上に気色が悪い。

「怪しいぜ怪しいぜ、この辺りは特に!!」

運転手の背後のごちゃごちゃした機械の前辺りを刀の先でさすと、運転手が青ざめた顔のまま「何だお前は」とわめいた。

「でっ、出ていけ!!」

怯《おび》えながらも威嚇《いかく》するように腕を前に突き出してくる。無論、伊之助の眼中に運転手などない。

「鬼の頸、鬼の……急所ォオオオ!!」

好戦的に叫んだ伊之助が、二本の刃を左右それぞれの肩の上に構える。

そのまま大きく振り下ろそうとすると、室内に鬼の肉がボコッと浮き出た。一気にふくれ上がったそれが伊之助へと襲いかかる。肉の塊からボコボコと生えてくる腕に、さしもの伊之助もぎょっとなった。

「キモッ!! あっちいけ、シッ! シッ!」

しゃにむに、刀を振り回す。

刃に当たった触手が床に落ちる。だが、腕は次々に生えてくる。遂には伊之助の両手両足をつかみ、その動きを封じた。

「手ェ多すぎだろ!!」

とどめとばかりに伸びてきた二本の手に猪頭をつかまれ、伊之助が臍《ほぞ》を噛む。

(しまっ――)

だが、鬼の触手が伊之助の頭を握りつぶすよりも早く、

「水の呼吸 陸《ろく》ノ型 ねじれ渦《うず》」

天井に開いた風穴から飛び降りてきた炭治郎が、宙で大きく渦のように回転しながら、伊之助を縛っていた腕をすべて斬り落とした。鬼の腕がボロボロと崩れ落ちる。

流れる水のように静かな、それでいて荒々しい太刀筋だった。

「伊之助、大丈夫か!!」

刀を下ろした炭治郎に案じられ、

「お前に助けられたわけじゃねぇぞ!!」

悔しさから、憎まれ口がもれる。

炭治郎は心得たもので、

「わかってる!」

と返すと、鼻をすんすんと蠢《うごめ》かせ、その場にしゃがみ込んだ。

「これは……」

とつぶやく。伊之助もあやしいと思っていた辺りだ。

「真下だ。この場の真下。鬼の匂いが強い!」

炭治郎はそう言うと「伊之助!!」とこちらを向いた。いつになく険しい顔だった。

「この真下が鬼の頸だ!!」

「命令すんじゃねえ、親分は俺だ!!」

伊之助が叫び返す。炭治郎はそれなりにやる奴だ。それはわかってる。だが、そこだけは譲れない。

「わかった！」

「みてろ!!」

炭治郎がうなずくのを見届け、伊之助が天井に開いた穴から、列車の屋根を踏み台に大きく跳躍する。

「獣《ケダモノ》の呼吸　弐《に》ノ牙《きば》　切《き》り裂《さ》き!!」

落下による衝撃を加えた伊之助の斬撃が、運転室の床に炸裂《さくれつ》した。

✸

伊之助の渾身《こんしん》の一撃の威力は凄《すさ》まじかった。

文字通り大きく切り裂かれた床から、噎《む》せ返るような鬼の匂いとともに、真っ白な蒸気のようなものが噴《ふ》き出してくる。

「うっ……」

思わず顔を覆いたくなるほどに熱い。

それが消えるのを待たず、炭治郎が床に開いた穴の中を覗《のぞ》き込む。
背筋がぞくりとした。
(骨だ……頸の骨だ)
巨大なその骨は大きく脈打っていた。
考えるより早く炭治郎が頭上に刀を構え、一気に振り下ろす。
「水の呼吸　捌《はち》ノ型　滝壺《たきつぼ》!!」
叩《たた》きつけるような刃が鬼の頸をとらえる。
――が、一歩遅かった。
切り裂かれた床から生えた数多《あまた》の腕によって、刃が止められる。
(防がれた!!)
炭治郎が奥歯を噛みしめる。
次の瞬間、鬼の腕が破裂するかのように四方に伸びた。
炭治郎は運転手の胴の辺りを抱えると、「なっ……!?」動揺する彼を抱えて飛んだ。
次々と襲いかかってくる腕をかいくぐり石炭の上へと着地する。
伊之助も鬼の腕を避け、自身が吹き飛ばした天井から、前方の屋根に飛び上がった。
運転手を石炭の上に下ろした炭治郎が、運転室の下の鬼の頸をねめつける。

するといっせい、四方へ伸びていた鬼の腕が一斉に戻っていった。

骨の周囲の肉がボコリと盛り上がり、その肉が戻った腕と重なり合うようにして、せっかく、露出させた鬼の頸を硬く覆い隠してしまう。

(裂け目が塞がる。再生が速い！ しかも、渾身の一撃で骨を露出させるのが精一杯だ。骨を断たないと)

険しい表情で眉《まゆ》をひそめた炭治郎は「伊之助!!」と友の名を呼んだ。

「呼吸を合わせて連撃だ!! どちらかが肉を斬り、すかさずどちらかが骨を断とう！」

「なるほどな!!」

伊之助が愉《たの》しそうに応じる。

「いい考えだ。褒めてやる!!」

「ありがとう!! 行くぞ……」

炭治郎の掛け声で、互いに鬼の頸へと駆け出す。

そんな炭治郎を列車の側面から盛り上がった肉塊が襲った。ぶよぶよと不気味にふくれ上がった肉に浮き出た幾つもの目玉が、一斉に炭治郎を見つめる。

どこからともなく、下弦の壱の声が聞こえてきた。

――強制《きょうせい》昏倒睡眠《こんとうすいみん》・眼《まなこ》。
とっさに視線を逸らそうとするが、すでに体が言うことをきかない。
（血鬼術《けつきじゅつ》!!）
（喰らっ……た!!　眠らされる!!）
炭治郎は徐々に薄れゆく意識の中で、懸命に友へ向けて叫んだ。
「伊之助！　夢の中で自分の頸を斬れ！　覚醒する!!」
そこで力尽き、両目を閉じた。

夢の中で炭治郎が自分の頸を斬る。
真っ白な雪の上に飛び散った鮮血と激痛が、炭治郎を覚醒させた。

（大丈夫だ。かかっても術は破れる!!）
両足に力を入れ、どうにか踏みとどまる。
だが、さらに肥大化した肉が数多の目を見開いて迫ってきた。ぐらりと体が揺れる。
（馬鹿!!　目を覚ましたら瞼《まぶた》を閉じろ。すぐに術にかかるぞ）

炭治郎は夢の中で己の頸を斬り、現実の世界で瞼を上げた。


（よし、覚醒した）

だが、またしても鬼の目に射すくめられた。

数が多すぎる。

（あああ!! 目覚めた瞬間、必ずどこかの鬼の目と視線がかち合う!! 目を閉じたまま覚醒するんだ!! 目を閉じたまま……）


己に言い聞かせながら、夢の中で頸を斬る。

だが、目覚める瞬間にどうしても瞼を上げてしまう。

目の前に鬼の目がある。

（駄目だ!! 覚醒しろ!!）

夢の中、己の首を斬る。

目覚めた炭治郎の眼前に、再び鬼の目玉が迫る――。

（覚醒しろ!! 早く）

首を斬る。

だがまたしても、夢に戻される。

(首を……斬って)

首を斬る。そして、また夢へ。

(斬って)

首を斬る。

やはり、目覚めたとたん、夢に落とされた。

(覚醒だ。はやく、めをさませ)

堂々巡りに焦《じ》れた炭治郎が、刀を首筋へ押し当てた——その時。

伊之助に手首をつかまれた。


「夢じゃねえ!!　現実だ!!」

「!!」


ぎょっとする炭治郎の手を乱暴に離すと、伊之助が目の前の肉塊を切り裂いた。細切れになった肉や目玉が周囲に飛び散る。その凄惨な光景が炭治郎を現実へ引き戻した。

「罠《わな》にかかるんじゃねえよ!!　つまらねぇ死に方すんな!!」

伊之助はそう言うと、手あたり次第に鬼の肉を叩き切った。

眠りに落ちる様子もなければ、覚醒している様子もない。おそろしくいつものままだ。

「グワハハハ!! 俺は山の主の皮を被ってるからな。恐ろしくて目ェ合わせられねぇんだろ!!」

雑魚《ざこ》目玉共、と伊之助が猪頭の下から吼《ほ》える。

それに、にわかに納得する。

(そうか。伊之助は視線をどこに向けているのか、わかりづらいんだ……!!)

そうこうしている間にも、友は周囲の肉塊をあらかた切り裂いていた。

とはいえ、これでようやく振り出しに戻ったようなものだ。あらためて、頸を守る肉と腕の殻を破壊しなければならない。

だが、伊之助の士気は高い。

「ようし、あとはコイツをぶった斬るだけだ!!」

鼻息も荒々しく意気込む友の背後で、運転手がよろりと動いた。その手に鈍く光る物を見つけた炭治郎が、ハッと息を飲む。

「!! 伊之助!!」

「夢ェの邪魔をするなあああ!!」

血を吐くように叫んだ運転手が伊之助の背中に錐《きり》を突き立てるも、すんでのところで、炭治郎が友と運転手の間に自分の体を滑り込ませた。

「ぐ……っ」

脇腹に焼けつくような痛みが走った。

視界のすみで、伊之助がぎょっとした顔でこちらを振り返っている。とっさに運転手の手首をつかんだので、貫通は避けられた。だが、錐は炭治郎の腹に深く差し込まれている。

「くっ」

運転手の手首を引っ張って錐を抜かせ、その首筋を柄頭《つかがしら》で軽く打った。気を失った運転手の体が崩れ落ちる。

「刺されたのか⁉」

問いかける伊之助の声が珍しく緊張を孕《はら》んでいた。

「大丈夫だ」

炭治郎は短く答えると、左手で昏倒した運転手の腕をつかみ上げた。そのままひきずると、伊之助がいらだたしげに舌打ちした。

「そんなクソ野郎、ほっとけ‼」

「駄目だ！　死なせない！」

きっぱりと告げ、運転手を近くの壁に寄り掛からせる。

背後で伊之助が焦れたように叫んだ。

「早く鬼の頸を斬らねえとみんなもたねぇぞ!!」

「わかってる! 急ごう!」

炭治郎が振り返ると、鬼の頸はすでに分厚い肉塊に覆われていた。

その肉塊からうようよと伸びた触手が、二人に襲い掛かってくる。狭い運転室の中でそれらを避け、時に斬り捨てながら、炭治郎が伊之助に向かって叫ぶ。

「伊之助!! 呼吸を合わせろ。鬼の頸を斬るんだ」

叫んだ拍子に傷口から血がにじんだ。

痛みに顔をしかめながら、炭治郎が叫ぶ。

「連撃いくぞ!!」

「く……」

伊之助は何か言いたそうな顔をしたものの、何も言わなかった。

炭治郎が迫りくる触手を切り裂き、続く触手の攻撃を宙へ飛んで回避し、石炭の上へと着地する。

伊之助もまた襲いかかる触手を次々と避けながら、炭治郎の横へ着地した。どちらも無言で分厚い肉に覆われた鬼の頸を見つめる。

──直後、頸を守っていた肉が大きくふくれ上がった。

まるで巨大な手のようになったそれが、石炭ごと二人の足場を薙《な》ぎ払う。

上空へと逃げた炭治郎と伊之助に、今度は数多の触手と化した肉塊が襲いかかってくる。

自由の利かぬ空中で、それでも連携しながら応戦する両者を囲むように、巨大な二つの肉塊が出現した。

その表面にぼこぼこと目玉が浮き出る。

(マズイ、今、眠ったら!!)

青ざめる炭治郎の横で、
伊之助が猛然《もうぜん》と、周囲の目玉を切り刻んでいく。そして、

「くそがあっ!!」

「いくぞ!」

片方の肉塊に二本の刀を突きさす形で両足を着けると、そのまま肉の表面を刀の先で削りながら駆け下りた。

「ついてこい!!」

そう叫んだ伊之助の体が肉塊を離れ、頭から運転室へと飛び込む。

真下には鬼の頸がある。

「獣の呼吸　肆《し》ノ牙《きば》」

伊之助が空中で刀を構える。頸を守っていた腕が危機を察し、さらにその数を増やす。

——だが、

「切細裂《きりこまざ》き!!」

伊之助の二本の刃が放つ斬撃の嵐の前に、一つ残らず砕け散った。

まさしく力技で、伊之助が鬼の頸を露出させた。

この機を逃すわけにはいかない。

炭治郎が無意識に呼吸を変化させながら、日輪刀《にちりんとう》の柄を強く握りしめる。

(父さん、守ってくれ)


——この一撃で骨を断つ。


(ヒノカミ神楽《かぐら》　碧羅《へきら》の天《てん》)

幼き日に父が見せた神楽を舞いながら、炭治郎が刃を振るう。

その黒き刃は、汽車の車体ごと巨大な鬼の頸を断ち切った。

「ギャアアアアアアアアアアアアアアアアアアアアアアアアアア!!」

汽車と一体化した鬼の叫びが響きわたり、列車が激しく揺れる。まるで頭部を失い、のたうち回っているかのようだ。

「凄まじい断末魔と揺れがっ……!!」

わずかに残った運転室の壁をつかみ、炭治郎が何とか足場を保つ。

「横転する！　伊之助は――」

乗客を守ってくれと言おうとし、炭治郎は刺された脇腹の痛みに顔をしかめた。

ヒノカミ神楽を放ったことで、傷口がさらに開いている。出血もひどい。力を込めていなければ臓物が飛び出しそうだ。

「ぐっ……」

「お、お前、腹大丈夫か？」

伊之助がいつになく慌てた声でたずねてくる。

「あ、ああ！　伊之助！　乗客を守っ……」

またしても最後まで言えず、列車が大きく傾いた。

床に倒れた運転手の体が宙に浮く。

「!!」

炭治郎が運転手へと手を伸ばす。あと、少し——だが、続く大きな揺れで完全に体勢を崩してしまった。炭治郎の指が虚しく宙をつかむ。

傾く車両から滑り落ちた運転手の体が、宙を舞う。

その瞬間、

(死ねない)

と思った。

(俺が死んだら、あの人が人殺しになってしまう。死ねない……)

強くそう思いながら、炭治郎の体もまた、横転する車体から投げ出された。

伊之助と運転手の男が、同じように列車の外へ投げ出される。

(誰も死なせたくない……!!)

二人へと無我夢中で手を伸ばす炭治郎の背中が、地面へと叩きつけられた。一瞬、呼吸が止まる。

とっさに体が受け身をとったのか意識こそあったが、すぐには起き上がれない。

すると、

「大丈夫か!!　三太郎《さんたろう》!!」

どうやら無事に着地したらしき伊之助が、駆け寄ってきた。

「しっかりしろ!」

と激しく揺さぶってくる。

「鬼の肉でばいんばいんして助かったぜ!　逆にな!!」

炭治郎の上半身を抱え起こし、そう言うと、

「腹は大丈夫か、刺された腹は!?」

噛みつくようにたずねてきた。

「大……丈夫だ。伊之助は……」

「元気いっぱいだ!　風邪もひいてねえ!」

どんな時も伊之助は伊之助だ。安堵《あんど》した炭治郎が、途切れ途切れに告げる。

「すぐに動けそうにない……他の人を助けてくれ……怪我人はいないか……頸の近くにいた運転手は……」

伊之助は一瞬、何を言っているのかわからないというふうに停止すると、

「アイツ、死んでいいと思う!!」

そう言い放った。

「よくないよ……」

「お前の腹刺した奴だろうが！」

炭治郎の言葉に伊之助が憤慨する。

「アイツ、足が挟まって動けなくなってるぜ。足が潰れてもう歩けねえ!! 放っとけば死ぬ！」

「だったらもう十分罰は受けてる……助けてやってくれ……」

弱々しく頼むも、伊之助は不機嫌そうに黙っている。

「頼む」

ペコリと頭を下げると、伊之助は炭治郎を地面に寝かせ、

「……ふん！」

と鼻を鳴らした。

「行ってやるよ。親分だからな。子分の頼みだからな」

そう言うと、利き腕をぐわっと宙に突き上げ、

「助けた後、アイツの髪の毛全部毟《むし》っといてやる!!」

鼻息も荒く宣言する。

「そんなことしなくていいよ……」

炭治郎の声が聞こえているのかいないのか、伊之助はぷりぷり怒りながら倒れた車体へと歩いて行った。

「フーッ」

一人その場に残された炭治郎は、呼吸を整えながら薄く目を開けた。

真っ暗だった空はいつの間にか、うっすらと白み始めている。

(夜明けが近づいている。呼吸を整えろ……早く……怪我人を……助けないと……)

禰豆子はどうしただろうか？

善逸は？

煉獄さんは――？

(きっと無事だ。信じろ……)

そう己に言い聞かせ、目を閉じる。

「フゥ……フゥ……」

傷の痛みをこらえ、少しずつ呼吸を整えていく。

そんな彼を、近くに倒れた車体の影から見ているものがあった。

中型の獣程の肉塊になった魘夢《えんむ》は、己の肉体が崩れ落ちていくのを感じていた。

(体が崩壊する。再生できない……負けたのか？　死ぬのか？　俺が？)

馬鹿な、と思う。

(馬鹿な!!　俺は全力を出せていない!!)

人間を一人も喰らえなかった。

汽車と一体化し一度に大量の人間を喰らう計画が台無しだ。

(こんな姿になってまで……!!　これだけ手間と時間をかけたのに……!!　アイツだ!!　アイツのせいだ!!)

魘夢の脳裏に炎のような髪色をした柱の男の姿がよぎる。

(二百人も人質をとっていたようなものなのに、それでも押された。抑えられた。これが柱の力……。アイツ……アイツも速かった。術を解き切れてなかったくせに……!!)

眠ったまま刃を振るう黄色い髪の少年と、鬼の娘の姿が浮かぶ。

(しかも、あの娘!!　鬼じゃないか。何なんだ。鬼狩りに与《くみ》する鬼なんて……どうして無惨《む ざん》様に殺されないんだ。くそぉくそぉ……)

肉片に残った目玉がギョロリと耳飾りをつけた少年を映す。

憎しみがこみ上げてきた。

（そもそも……あのガキに術を破られてからが、ケチのつき始めだ。あのガキが悪い……!!）

少年に向け、必死に腕を伸ばす。

（あのガキだけでも殺したい。何とか……）

そこで、またしてもいまいましい存在を思い出した。

（そうだ、あの猪《いのしし》も!!　あのガキだけなら殺せたんだ）

あの猪が邪魔した。

視線に敏感だった。

並外れて勘が鋭い。

（負けるのか。死ぬのかァ……!!）

身悶《みもだ》えしようにも、ボロボロと肉が崩れ落ちていく。

（あああ、悪夢だあああ。悪夢だあああ）

崩壊する肉塊から、目玉が一つ、ボトリと地面に転がり落ちた。

数字の刻まれていない方の眼球だ。このことで、下弦の鬼は上弦《じょうげん》の鬼から常に蔑《さげす》まれてきた。

鬼狩りに殺されるのは、いつも底辺の鬼たちだ。

ここ百年、上弦の鬼の顔触れは変わらない。

鬼を山程葬っている鬼狩りの柱さえも、彼らは葬る。

（異次元の強さなのか……）

悔しさで気が違いそうだった。こんなはずじゃなかった。こんなはずじゃ――。

（あれだけ血を与えられても上弦に及ばなかった……あああ。やり直したい。やり直したい。何という惨めな悪夢……だ……）

己が身の不運を嘆きながら鬼の目玉が崩れ落ちる。

魘夢の意識はそこで途切れた。

深い闇だけがある。

残った肉片も、やがて塵と消えた。

第五章

炎柱《えんばしら》・煉獄杏寿郎《れんごくきょうじゅろう》

「フー、フー」

炭治郎《たんじろう》が懸命に呼吸を整えていると、ぬっと人影が覗《のぞ》き込んできた。

「全集中《ぜんしゅうちゅう》の常中《じょうちゅう》ができるようだな！　感心感心！」

「煉獄《れんごく》さん……」

「常中は柱《はしら》への第一歩だからな！」

炭治郎の頭上に立つ炎柱《えんばしら》の顔に、疲労の色は見えなかった。五両もの客車を一人で守ってなお、目立った傷もない。

「柱までは一万歩あるかもしれないがな！」

「頑張ります……」

炭治郎が神妙な顔で応えると、煉獄は笑顔のまま「腹部から出血している」と言った。

「もっと集中して呼吸の精度を上げるんだ」

「ハァ、ハァハァ……」

「体の隅々まで神経を行き渡らせろ」

年長者の助言に炭治郎が全神経を研ぎ澄ませる。

「血管がある。破れた血管だ」

煉獄が静かにさとす。

「もっと集中しろ」

「ハァ、ハァ、ハァ……」

炭治郎が目を閉じる。

体の隅々まで神経が行き渡ると、破れた血管の正確な位置が感知できた。血管が大きく脈打つ音が聞こえる。

「そこだ」

煉獄が短く告げる。

「止血。出血を止めろ」

「ぐっ……！」

炭治郎が全神経を破れた血管へと集める。

だが、血は止まらない。むしろじわじわと広がっていく。

痛みに顔をしかめていると、煉獄の人さし指が炭治郎の額にトン……と、軽く触れた。

たったそれだけのことで、頭の中がすっきりとする。

「集中」

「く……」

炭治郎がゆっくり目を閉じる。

破れた血管を探し出し、呼吸で止血する。今度は、破れた血管が見る見る塞がっていくのがわかった。

腹の血が止まる。

「ぶはっ！」

炭治郎が思わず大きく息を吐き出した。

「はっ、はぁっ!!」

「うむ、止血できたな」

煉獄は炭治郎の額から指を離すと、その場にしゃがみ込む。満足そうな声だった。

「呼吸を極めれば様々なことができるようになる。何でもできるわけではないが、昨日の自分より確実に強い自分になれる」

炎柱の言葉は土に水がしみ込んでいくように、炭治郎の心にすとんと落ちていった。

「……はい」

今しがた教えられたことを噛《か》みしめながら、炭治郎がうなずくと、煉獄はふっと笑顔になった。お日さまのように明るく、屈託のない笑顔だった。

そして、炭治郎から見えるようにぐっと拳《こぶし》を握ってみせた。

「皆《みんな》無事だ！　怪我人は大勢だが命に別状は無い。君はもう無理せずゆっくり体を休めろ」

頼もしい言葉に炭治郎がようやく安堵《あんど》の笑顔をもらす。出血が止まったせいか、煉獄の明るい笑顔のお陰か、痛みが少し楽になった。

「ありがとうございます」

「うむ！」

煉獄がにっこりとうなずいた、その時――。

何かが落下してきたような衝撃音があり、地面が激しく揺れた。

「!?」

煉獄が肩ごしに振り返る。

動けない炭治郎はその場で首を反らせた。

二人からそう離れていない場所にもうもうと土煙が立ち上っている。煙の奥に人影が見えた。

ドクン、と炭治郎の心臓が嫌な音を立てる。嫌な予感がした。

煉獄が体ごと人影に向き合い、鯉口《こいぐち》を切った。

煙が晴れていく。

人影がゆっくりと顔を上げた。


——ドクン。


若い男だ。

微笑《ほほえ》んでいる。


——ドクン。

男の両目には文字が刻まれていた。


「!!」

それに、心臓が破裂しそうな音を立てる。

(上弦《じょうげん》の……参《さん》?　どうして今ここに……)

炭治郎の背中をじっとりと冷たい汗が伝う。

鬼の男の目が、煉獄を映し、炭治郎を映した。

鬼は無言ですっと両目を細めると、ふっと消えた。――次の瞬間には、炭治郎の眼前に鬼の拳《こぶし》が迫っていた。

あまりの速さに身動《みじろ》ぎもできぬ炭治郎の横で、煉獄が反応する。

「炎の呼吸　弐《に》ノ型　昇《のぼ》り炎天《えんてん》」

下段から上段へ、あたかも炎が立ち上るかのように振り上げられた刃《やいば》によって、炭治郎の頭を打ち抜こうとした鬼の肘《ひじ》から下が縦に裂けた。

鬼の男が背後へ大きく飛び退《すさ》る。

微笑を浮かべたまま、切られた方の腕を持ち上げる。

煉獄のつけた傷はすでに修復し始めていた。

「いい刀だ」

元通りつながった腕に残る鮮血を舌の先でなめとりながら、鬼がつぶやく。

再生が異常に速い。

何より威圧感が桁外れだった。

これが上弦の鬼――。

ドクドクと脈打つ心臓の音を感じながら、炭治郎がどうにか寝返りを打つ。このままでは足手まといでしかない。

「なぜ、手負いの者から狙うのか理解できない」

煉獄が低く告げる。

静かな声音とは裏腹に、その匂いはひどく怒っていた。

「話の邪魔になるかと思った」

鬼が相変わらず笑いながら答える。

「俺とお前の」

「俺と君が何の話をする？」

対する煉獄の声は淡々としたものだった。

「初対面だが俺はすでに君のことが嫌いだ」

「そうか……俺も弱い人間が大嫌いだ。弱者を見ると虫唾《むしず》が走る」

さも気が合うなと言わんばかりに鬼が嗤《わら》う。口調はむしろ朗らかですらあるのに、ぞっとする程冷たい声だった。

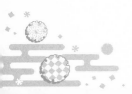

「俺と君とでは物ごとの価値基準が違うようだ」

「では、素晴らしい提案をしよう」

至《いた》って素《そ》っ気ない煉獄の受け答えにも、鬼は気を悪くした様子もなく、右手を顔の横に上げ、おもむろに手招きしてみせた。

「お前も鬼にならないか?」

「ならない」

一寸の躊躇《ためら》いもなく応える煉獄に、鬼の男がふっと笑う。

それぞれ〝上弦〟〝参〟と刻まれた両目が、煉獄の全身をじっと見据え、糸のように細くなる。

「見れば解る。お前の強さ。柱だな。その闘気、練り上げられている。至高の領域に近い」

「俺は炎柱・煉獄杏寿郎《きょうじゅろう》だ」

煉獄が己の名を告げる。

「俺は猗窩座《あかざ》」

鬼——猗窩座が名乗り返す。その上で「杏寿郎」と、あたかも親しい友を呼ぶように下の名で呼びかけた。

「なぜ、お前が至高の領域に踏み入れないのか教えてやろう」

人間だからだ、と侮蔑《ぶべつ》を込めて続ける。

「老いるからだ。死ぬからだ」

そこで猗窩座は煉獄へ右手を伸ばした。

「鬼になろう、杏寿郎。そうすれば、百年でも二百年でも鍛錬し続けられる。強くなれる」

猫撫《ねこな》で声で誘う。

だが、その声はやはりどこまでも凍てついていた。感情の底が知れない。

(今まで会った鬼の中で一番鬼舞辻《きぶつじ》の匂いが強い……俺も加勢しなければ……)

わずかに身を起こした炭治郎が周囲を見まわし、落車の際に失くした日輪刀《にちりんとう》を探す。

すると、煉獄がゆっくりと口を開いた。

「老いることも死ぬことも、人間という儚《はかな》い生き物の美しさだ。老いるからこそ、死ぬからこそ、堪らなく愛《いと》おしく尊いのだ。強さというものは肉体に対してのみ使う言葉ではない」

煉獄はそこで一旦言葉を区切ると、強い口調で告げた。

「この少年は弱くない」

「！」

炭治郎が顔を上げる。

「侮辱するな」

「…………」

目の前に煉獄の背中があった。

広く大きなその背中に、炭治郎が唇を噛みしめる。

「何度でも言おう。君と俺とでは価値基準が違う。俺は如何《いか》なる理由があろうとも鬼にならない」

煉獄の言葉に猗窩座は物憂げに目を細めると、

「そうか」

と応えた。

そして、右足を強く踏み込んだ。

「術式《じゅつしき》 展開《てんかい》」

腰を深く落とした猗窩座が片腕を前に出して構えると、足元に氷花のような文様が浮かび上がった。

「破《は》壊殺《かいさつ》・羅針《らしん》」

猗窩座がにぃっと嗤《わら》う。その体から目に見える程の闘気が立ち上った。

「鬼にならないなら殺す――」

✵

言葉通り、猗窩座がこちらへ向かってくる。

繰り出される拳を、煉獄は「壱《いち》ノ型」にて迎え撃った。

猗窩座は煉獄の放つ鋭い斬撃を紙一重でよけ、再び攻撃に転じた。間髪入れずに繰り出される鬼の拳を、煉獄は振り向きざまに斬撃で受け流す。

「今まで殺してきた柱たちに炎はいなかったな!!」

絶え間なく拳を繰り出しながら、猗窩座が楽しげにすら聞こえる声で言う。

顔の前に刀を構え拳を受けた煉獄は、そのまま斬り伏せようとするが、鬼の拳はさらに強い力で刃を押し返してきた。

「そして俺の誘いに頷く者もなかった!!」

再び煉獄が刃を振るう。

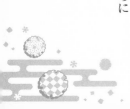

鬼の腕をとらえた刀身は肉をわずかに斬った所で止まった。強靱な筋肉が刃を阻んでいる。それ以上、斬り進めることができない。

「なぜだろうな？　同じく武の道を極《きわ》める者として理解しかねる。選ばれた者しか鬼にはなれないというのに！」

そう言うと、猗窩座はもう一方の腕で煉獄の頭部に手刀を喰らわせようとしてきた。素早く刀を振り上げた煉獄の刃が、すんでのところでそれを切り裂く。

猗窩座の腕が宙を舞う。

だが、次の瞬間には切断面から新たな腕が生えた。おぞましい程の再生速度だ。

猗窩座が再生したばかりの拳を打ち込んでくる。

煉獄が素早く、刀で受ける。

鬼の肉と日輪刀がぶつかり合う音がもれた。鈍く、そしてとてつもなく重い。

「素晴らしき才能を持つ者が醜く衰えてゆく。俺はつらい！」

猗窩座がもう一方の拳を煉獄の刀身に打ち込む。

煉獄もまた刃を鬼の拳へと打ち込んだ。

刃と拳がはじき合う。

「耐えられない！」

猗窩座はそう叫ぶと、煉獄の眼前に自分の顔を寄せてきた。至近距離で睨《にら》み合う。

「死んでくれ、杏寿郎。若く強いまま」

「はぁっ！」

煉獄が刀を振り上げる。

胴を狙った太刀を猗窩座は背後に大きく飛んで避けると、宙に浮かんだまま、

「破壊殺《はかいさつ》――」

左腕に力を込めた。

「空式《くうしき》」

「⁉」

空中で拳を振るう猗窩座に、煉獄がとっさに刀を体の前で構える。無意識に近い動きだったが、直後、拳の放つ風圧というにはあまりに重い衝撃が刀身を震わせた。

猗窩座が続けて拳を振るう。

一発。
二発――。

煉獄はそれらを刀で受けた。柄《つか》を握りしめた両手がかすかに痺れている。

（なるほど……）

どうやら、虚空を拳で打つことによって、攻撃が離れた場所にまで届くようだ。しかも、その速度は一瞬にも満たない。

術の仕組みをあらかた理解した煉獄が、あらためて日輪刀を構える。

「炎の呼吸　肆《し》ノ型　盛炎《せいえん》のうねり」

巨大な渦のように宙をうねる炎の刃が、猗窩座の連撃を防ぐ。

だが、鬼は攻撃の手をゆるめない。

（このまま距離を取って戦われると、頸《くび》を斬るのは厄介だ……ならば……）

煉獄が地面に着地した猗窩座の元へ、一瞬でその間合いを詰める。

（近づくまで!!）

今度は、至近距離から刃を振るう。

それをギリギリのところでかわした猗窩座が、こらえ切れぬとばかりに笑みをもらす。

「この素晴らしい反応速度！」

間髪入れず、次の斬撃を放つ煉獄に拳で応じながら、猗窩座が説得を重ねる。

「この素晴らしい剣技も失われてゆくのだ、杏寿郎！　悲しくはないのか！」

「誰もがそうだ！　人間なら!!　当然のことだ!!」

激しく打ち合う両者の後方で、炭治郎が懸命に立ち上がろうとしている。その脇に、駆けつけてきたらしき伊之助《いのすけ》の姿もあった。

「動くな!!」

と肩越しに煉獄が叫ぶ。

「傷が開いたら致命傷になるぞ!!　待機命令!!」

「っ!!」

炭治郎がビクッと身をすくませる。

伊之助もその場に固まった。

「弱者に構うな、杏寿郎!!」

どこかいらだったように告げ、猗窩座が大きく拳を振るう。

ことさら重たい一撃を刀で受け止め、強引に跳ね返す。

「全力を出せ！」

眼前に迫る鬼の手刀を煉獄の刀身が払い上げる。猗窩座は刀の勢いに乗じて飛び退ると、難なく着地し、

「俺に集中しろ！」

そう嘲笑《ちょうしょう》した。

そこへ一気に間合いを詰めた煉獄が、横一文字に日輪刀を振るう。胴を切断せんとする刃を、猗窩座は軽やかな動きでよけ、左の拳を打ち込んできた。煉獄は刀身でそれを受け流すと、素早く体を回転させ、猗窩座の背中に強烈な一撃を叩《たた》き込んだ。

猗窩座の体が森の中に吹き飛ばされる。

木々が倒れる音とともに、土煙が舞い上がる。

猗窩座を追って煉獄も森へと入った。木々の合間を駆け、森の奥へと進む。そんな煉獄の眼前に、

「!!」

「いい動きだ」

いきなり現れた猗窩座が拳を振るう。煉獄はそれを紙一重で避けると、己の左脇にある木を回り込み、猗窩座の右腕を斬り落とした。

だが、続く斬撃を放つ前に、猗窩座が強烈な蹴りを浴びせてきた。

「ぐぁ……っ!!」

どうにか刀で受け止め、直撃は避けたが、その威力までは殺《そ》げない。

煉獄の体が森の外まで吹き飛ばされる。

「煉獄さん！」

「ギョロギョロ目ん玉！」

炭治郎と伊之助が己を呼ぶ声が聞こえる。

煉獄が日輪刀を杖代わりにどうにか立ち上がろうとしていると、森の中から猗窩座が姿を見せた。右腕は切断されたままだが他に傷はない。どれ程傷つけようとも、頸を切断しない限りたちどころに再生してしまう。その事実をあらためて思い知らされた。

猗窩座が笑顔で告げる。

「鬼になれ杏寿郎」

「ハァ、ハァ……」

煉獄が肩で息をする。

「そして、俺とどこまでも戦い、高め合おう」

「ハァ……ハァ」

じわじわと疲労が蓄積しているのがわかる。いかに柱が強靭《きようじん》な肉体を有しているとはいえ、鬼とは違いその体力は有限だ。

「その資格がお前にはある」

そう言うと、猗窩座は欠損した右腕をこれ見よがしに再生した。

煉獄は刀の柄を握りしめると、

「断る」

と立ち上がった。

「もう一度言うが俺は君が嫌いだ。俺は鬼にはならない」

低く告げ日輪刀を構えると、地を蹴った。

「炎の呼吸　参ノ型」

猗窩座の手前で高く跳躍した煉獄が、その頭上に赤い刃を振り下ろす。

「気炎万象《きえんばんしよう》！」

燃えたぎるようなその斬撃は、猗窩座の右肩から脇腹までを大きく袈裟《けさ》斬《ぎ》りにした。

鬼の傷口から血が噴《ふ》き出す。

猗窩座が歓喜の叫びを上げる。

「素晴らしい、見事だ！」

「!!」

次の瞬間には、再生した猗窩座に懐へ入り込まれていた。背後に飛ぶと、猗窩座が宙に拳を繰り出してきた。

「破壊殺《はかいさつ》・空式《くうしき》」

「ぐっ!!」

目に見えぬ打撃をとっさに刀で受けた煉獄の体が、その重みに耐えきれず吹き飛ばされる。

なんとか両足で着地するも、勢いのままだいぶ後方まで押しやられた。

それでもなお、煉獄は刀を構え猗窩座へと立ち向かう。

再び両者が激しくぶつかり合った。

✿

目の前で凄《すさ》まじい速さの打ち合いが繰り広げられている。

(隙がねぇ……)

伊之助は固唾《かたず》を飲んで見守るしかない己にいらだちながらも、その場を動けずにいた。

(入れねぇ)

動きの速さについていけない。
あの二人の周囲はもはや、異次元だ。
(間合いに入れば〝死〟しか無いのを肌で感じる)
助太刀に入ったところで足手まといでしかない。
それが痛い程にわかるから、動けなかった。

「煉獄さん……」

友が口惜しさに歯嚙みする横で、炭治郎もまた動けずにいた。
目の前で行われている攻防は、まさに瞬きする間もなかった。一瞬でも気を抜けば両者を見失ってしまう。

煉獄が猗窩座の拳を背後に飛んで避ける。

鬼の拳が地面を大きく抉《えぐ》る。

地面に拳を打ちこんだ体勢のまま、煉獄を目で追った猗窩座が、その姿をとらえ飛び掛かった。煉獄が刀でそれを受ける。

拳と刃がぶつかり合い、周囲の大気が震える程の衝撃が、炭治郎たちの所まで伝わってきた。両者の力を、自分との実力の差をビリビリと肌に感じる。

煉獄の刃を猗窩座が手首の骨で受け止める。たとえ切断されても、すぐに再生することを見せつけるかのように、猗窩座が声を荒らげる。

「まだわからないか!! 攻撃を続けることは死を選ぶことだということが!! 杏寿郎!!」

「おおおおお!!」

咆哮《ほうこう》とともに、煉獄が刀を押しやる。

背後に飛び退った猗窩座は、着地した瞬間に間合いを詰め、拳を打ちこんできた。容赦なく乱打される拳を煉獄が刀で受ける。そのうちの一つが左のこめかみをかすめ、血が流れた。

続く拳を身を回転させて避けた煉獄が、

「炎の呼吸　壱ノ型　不知火《しらぬい》」

至近距離から技を放つ。両腕でそれを受けた猗窩座は、己の手首から先が切断される様

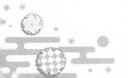

を笑って見やると、瞬く間に両手を再生させ、拳を繰り出してきた。

「ここで殺すには惜しい！　まだ、お前は肉体の全盛期ではない！」

「っ……！」

猗窩座の拳の一つが、煉獄の脇腹に入る。

煉獄は懸命に痛みをこらえると、刀を体の横に構え「弐ノ型」を放った。天へと立ち上る炎の如き斬撃を平然と受け流した猗窩座は、拳を振るいながらなおも叫んだ。

「一年後、二年後には、さらに技が研磨され精度も上がるだろう！」

「ぐっ」

顔面に繰り出された拳を煉獄が刀で受ける。

鉛のように重い拳は煉獄の刀身を押しのけ、その左目を潰した。煉獄はわずかによろめいたものの、微塵《みじん》の隙も見せず、「参ノ型」「肆ノ型」と立て続けに技を放った。

背後に飛んで煉獄から距離を取った猗窩座が、ゆっくりと両手を構える。

「破壊殺《はかいさつ》」

「炎の呼吸　伍《ご》ノ型」

煉獄もまた、刀を構えた。

「炎虎《えんこ》!!」

煉獄が大きく振り下ろした炎刀から放たれた斬撃が、あたかも炎の虎の如く猗窩座を襲う。

「乱式《らんしき》！　ひゃっはあ!!」

対する猗窩座は拳でそれを迎え撃った。

乱打された拳と斬撃が幾度となくぶつかり合う。

そのあまりの激しさに周囲に土煙が舞う。

炭治郎は必死に両者の動きを追った。目で追うのがやっとだった。一瞬でも気をゆるめれば両者が視界から消える。

「杏寿郎!!」

半ば感嘆するかのような声で猗窩座が煉獄の名を叫びながら、次々と拳を打ちこむ。それを片目を潰された煉獄がすべてギリギリのところで避け、刀を左下段から大きく振り上げた。

煉獄の刃が猗窩座の右脇腹から左肩にかけて深く切り裂く。その際に、左腕の肘から下も切断した。

傷口から鮮血が噴き出し、猗窩座が膝《ひざ》を着く。

それに、伊之助が興奮した声で叫ぶ。

「おおっ!! やったか!? 勝ったのか!!」

「…………」

だが、炭治郎は素直に喜べなかった。

凄まじく嫌な予感がした。食い入るように両者を凝視する。

煉獄の足元にボトボトと血がしたたり落ちているのが見えた。

やがて、猗窩座の左腕が再生し、ゆっくりと立ち上がる。猗窩座が能面のような無表情で煉獄を見つめている。その上半身に刻まれていた傷がすっと消えていく。

片や煉獄は荒い呼吸を繰り返している。

(まさか……そんな……)

絶望に打ち震える炭治郎のとなりで、伊之助もまた言葉を失い立ち尽くしている。

「もっと戦おう」

猗窩座がひどく真面目な顔で告げる。

「死ぬな。杏寿郎」

「ハァ……ハァ……ハァ」

煉獄の口元から流れた血が顎《あご》を伝って落ちる。足元の地面がもはや、赤黒く染まっていた。

（煉獄さん……煉獄さん……煉獄さん）

胸の中で何度も呼びかける。

煉獄は力尽きたように動かない。

刀を握った手もぶらんと垂れ下がっている。

「生身を削る思いで戦ったとしてもすべて無駄なんだよ。杏寿郎」

猗窩座は独り言のようにそう言うと、自身の肩から胸の辺りに触れた。

先程、刀傷のあった場所だ。

「お前が俺に喰らわせた素晴らしい斬撃も、既に完治してしまった……だが、お前はどうだ」

鬼の両目が無機質に煉獄を見やる。

「潰れた左目、砕けた肋骨、傷ついた内臓、もう取り返しがつかない。鬼であれば瞬きする間に治る。そんなもの鬼ならばかすり傷だ」

笑みの消えた顔は冷え冷えと氷のようだった。

「どう足掻《あが》いても人間では鬼に勝てない」

「ハァ……ハァ」

煉獄は何も言わない。ただ、荒い呼吸を繰り返している。


（ぐ……っ）

地面に右手をついた炭治郎が、それを支えになんとか立ち上がろうともがく。命令違反だろうと足手まといだろうと、もうこれ以上は耐えきれなかった。

だが、体が思うように動かない。

（助けに入りたいのに……!! 手足に力が入らない……傷のせいでもあるだろうが、ヒノカミ神楽《かぐら》を使うとこうなる……）

炭治郎は左手で腹の傷を押さえ、奥歯をぎゅっと嚙みしめた。

✵

「ハァ…………ハァ…………」

呼吸がゆっくりと整っていく。

煉獄は自身の内にあるすべての闘気を燃やした。

己の中に煌々《こうこう》と燃える炎がある。

瀕死の状態にあった煉獄の闘気の高まりを感じたのだろう。猗窩座が両目を瞠《みは》る。

「……杏寿郎、お前……」

「俺は……」

ようやく口を開くと、煉獄は刀を頭の右脇に構えた。

「俺の責務を全うする!!　ここにいる者は誰も死なせない!!」

誰でもない、己自身に言い聞かせるように叫ぶ。

(一瞬で多くの面積を根こそぎ抉り斬る……)

それしかもう勝機はない。

(炎の呼吸　奥義)

全身に燃え滾る闘気を一気に解放する。猗窩座が感動に打ち震えた。

「……!!　素晴らしい闘気だ……それ程の傷を負いながらその気迫、その精神力……一分《いちぶ》の隙もない構え」

猗窩座はそう言うと、突然、高らかに笑いだした。
「やはりお前は鬼になれ、杏寿郎!! 俺と永遠に戦い続けよう!!」
猗窩座が興奮のままに叫ぶ。
(心を燃やせ)
煉獄は刀を構えたまま、胸の中で叫んだ。
(限界を超えろ)

——俺は炎柱・煉獄杏寿郎!!

前方へと踏み込んだ煉獄の足が地面を割る。その身に紅蓮《ぐれん》の闘気が舞い上がる。
対する猗窩座もまた体勢を低くし、全身に力をみなぎらせている。

「玖《く》ノ型　煉獄《れんごく》!!」
「破壊殺《はかいさつ》・滅式《めつしき》!!」

炎の龍を象《かたど》る斬撃を、鬼の拳が迎え撃つ。

両者がぶつかり合った瞬間、凄まじい打撃音が響きわたり、周囲の大気が、地面が激しく震えた。周囲に土煙が立ち込める。

「煉獄さん!!」

煙の外で炭治郎が叫ぶ声が聞こえる。

煉獄の刃が猗窩座の拳ごとその右腕を縦に両断する。己から噴き出した鮮血を浴びながら、猗窩座はほとんど歓喜しているような顔だった。

その腕から刃を抜いた煉獄が再び大きく刀を振りかぶる。振り下ろされた刃が猗窩座の頸を断つ――寸前で、猗窩座の左腕が刀身を押しやった。

頸をそれた刀が猗窩座の右胸に突き刺さる。煉獄は刀の柄を握る手に力を込めた。鬼の鍛え上げられた筋肉は硬く、思うように刃を進められない。力ずくで刃を押し込む。やがて、刃が猗窩座の体を貫くと、強引に刀を返し、

「うああああああ!!」

腹の底から叫び声を上げ、そのまま斬り上げた。

「ああああああああああ!!」

「く……っはァ」

まるで天へと立ち上る焔《ほむら》のような剣技を前に、頭部を両断されながらも鬼が嗤う。心底、うれしそうに――。

✡

どうなっているんだろう。

立ち込める煙で見えない。


土煙に覆われた両者を見守りながら、炭治郎の心臓の音が破裂しそうな程に高まる。恐ろしい想像ばかりがふくらみ、

(煉獄さん……煉獄さん……)

胸の中でその名を呼び続ける。

やがて土煙が霧散すると、煙の向こうに煉獄の頭部が見えた。刀を頭上に構えている。

(見えたっ……! え………)

薄くなっていく煙の向こうに、煉獄に続き鬼の横顔が見えた。左の頭部が削れ、左腕も千切れかけている。

だが――。

(煉……獄……)

「っ……」

炭治郎が思わず息を飲む。

猗窩座の右腕は煉獄の胸を貫通していた。

頭の中が真っ白になる。

「がは……っ」

胸を貫かれた煉獄が苦しげに吐血する。

「うぅあああ……うあぁああ……あぁあああぁぁあああ…………!!」

炭治郎の喉《のど》から、自分のものとは思えないような引き攣《つ》った声がもれた。

「死ぬ……!!　死んでしまうぞ、杏寿郎!!　鬼になれ!!」

煉獄の胸部を貫いたまま、猗窩座が叫ぶ。

「鬼になると言え!!」

夜明け前の空に、鬼の誘《いざな》いが木霊《こだま》した。

✵

鬼になれ。

そう猗窩座が叫んでいる。

自分の胸を貫いた腕の先で、鬼が熱く語る。

「お前は選ばれし強き者なのだ!!」

「…………」

強き者――。

その言葉が、煉獄に幼き日の出来事を思い出させた。


――あれは夏の日のことだ。

よく晴れた日だった。軒に吊《つ》るした風鈴が涼やかな音を立てている。開け放した障子から入ってくる風が心地よい。

病床の母・瑠火《るか》は珍しく上半身を起こし、揺れる風鈴をながめていた。

雪のように色素の薄くなった母の横顔は、すっかり痩せこけていたが、それでもなお、母は美しかった。きつく結ばれた口元や涼やかな目元は厳しくも見えるが、その実、とてもやさしくほころぶ。煉獄は母の笑った顔が大好きだった。

『杏寿郎』

と母がこちらを向く。

幼い煉獄は母の布団の脇で姿勢を正した。側には弟の千寿郎《せんじゅろう》が、母の布団の裾で掛け布団を握りしめるようにして眠っている。

『はい、母上』

『よく考えるのです。母が今から聞くことを。なぜ、自分が人よりも強く生まれたのかわかりますか』

静かだがよく通る声で、母が問うてくる。

煉獄は『う……』と言葉に詰まった。

考えがなかなかまとまらない。

結局、

『わかりません！』

と子供らしく元気に答える。

『弱き人を助けるためです』

母は自ら答えを口にした。

煉獄は母をじっと見つめた。母もまた幼い息子をじっと見つめ返した。母の目の中に、口を真一文字に結んだ幼い自分の顔があった。

やがて、母が口を開いた。

『生まれついて人よりも多くの才に恵まれた者は、その力を世のため人のために使わねばなりません。天から賜りし力で人を傷つけること、私腹を肥やすことは許されません』

母の言葉は決して難しいものではなく、教えさとすというよりは、幼い息子の心にじんわりとしみ込んでいった。

煉獄は母に言われたことを胸の中で噛みしめた。

母の布団の上では小さな弟が、すうすうと眠っている。まだ稚《おさな》い弟は煉獄にとって守り助けるべき命だった。

『弱き人を助けることは強く生まれた者の責務です。責任を持って果たさなければならない使命なのです。決して忘れることなきように』

『はい!!』

煉獄が大きな声で応える。

すると、母が片手を差し伸べてきた。

おいで、と眼差《まなざ》しで告げる。すっかり細くなってしまった腕が痛々しい。

おずおずと前に出ると母の腕が我が子を抱き寄せた。存外に強い力だった。母のぬくもりが、匂いが幼い煉獄の胸をいっぱいにする。

『私はもう長くは生きられません。強く優しい子の母になれて幸せでした。あとは頼みます』

母はそう言うと無言で涙を流した。

母の涙を感じながら、煉獄の目もまたうるんだ。

母は己の死期を悟っている。

だからこそ、息子にこの言葉を遺したのだろう。

進むべき道を示したのだろう。

幼い胸にたくさんの感情がこみ上げてくるのを煉獄は必死に耐えた。

夏の乾いた風に吹かれ、風鈴がまた鳴った。


今度のそれは、ひどく寂しい音に聞こえた……。


「――っ!!」

思い出から立ち戻った煉獄が右手に力を込める。

柄がきしむ程握りしめたそれを、猗窩座の頸に叩き込む。

「かっ……!!」

「ぐぅおおおおお」

一片も残さない。

己が残る力すべてをこの刃に込める。

煉獄の胸にあの日の母の真っ直ぐな眼差しが浮かぶ。母は強く、そしてやさしい人だった。

(母上──俺の方こそ貴女のような人に生んでもらえて光栄だった)

だから、自分は負けない。

負けてはならない。


己の責務を全うするまでは──。


「オオオオオオオ!!」

腹の底から叫ぶ。

煉獄の放つ不屈の闘気に押され、刃がじりじりと鬼の肉に喰い込んでいく。

猗窩座がすでに再生を終えた左手を握りしめ、頭部を潰さんと狙ってきた。

「っ……!!」

煉獄の左手が手首をつかんでそれを阻む。

鬼の両目が、信じられないものを見るようにこちらを見つめた。

✵

（止めた!!　信じられない力だ!!）

瀕死のこの男に、まさかこれ程の力があろうとは……。

振り払おうと腕に力を入れてもびくともしない。

（急所《みぞおち》に俺の右腕が貫通しているんだぞ!!）

普通なら即死してもおかしくない。それを——。

この男はなんなんだ、と困惑する猗窩座をさらに驚愕《きようがく》させるものが、東の空に垣間見えた。

（!!　しまった!!　夜明けが近い!!）

遠くの空が白み始めている。この状態で朝日が昇ってしまえば、猗窩座の身も危うい。

（早く殺してこの場を去らなければ!!）

急いで右腕を引き抜こうとするも、

（!!　腕が抜けん!）

煉獄のみぞおちから微塵も動かない。焦《じ》れる猗窩座に、

「逃がさない!!」

煉獄が叫ぶ。

「くぅっ!」

「ぐあああ」

猗窩座が必死にもがく。

だが、手負いの柱は決してその腕を離さなかった。

✵

夜明けが近い。

「ハァ……ハァハァ」

炭治郎は荒い息を吐き出しながら、もつれる足で倒れた列車の反対側に広がる林の脇を走っていた。

何度も倒れかけながらようやく見つけた日輪刀は、林の一番手前に生えた木の根元に落ちていた。

震える手を伸ばし、それを拾い上げる。

（煉獄さんになんと言われようと……ここでやらなきゃ）

まだ握力もほとんど戻っていない。正直こうして立っているだけでやっとだ。

それでも、炭治郎は日輪刀をつかんだ。

（斬らなければ!!　鬼の頸を……早く!!）

己にそう言い聞かせながら、炭治郎は未だ戦いの最中にいる煉獄の元へと、駆け戻った。

✵

ますます明るくなっていく空に、猗窩座は戦慄していた。

（夜が明ける!!　ここには陽光が差す……逃げなければ、逃げなければ!!）

どうにかして煉獄から逃れようとするも、右腕はみぞおちから抜けず、左腕は煉獄の拘束を振り払えない。こんな死にかけの男に、どうしてここまでの力があるのか。

「ぐぅうう……オオオオオオオオ!!」

いらだちと死への恐怖に猗窩座が叫び声を上げる。

それに応じるかのように、煉獄もまた咆哮を上げた。

「絶対に放さん、お前の頸を斬り落とすまでは!!」

「退《ど》けえええ!!」

「ああああああああああ!!」

凄まじい気迫とともに、煉獄の刀がさらに深く押し込まれる。

頸の半分まで刃が進んだ――その時、

「伊之助、動け――――っ!!」


外野から叫び声がした。

「煉獄さんのために動け――――っ!!」

あのガキだ、と猗窩座が視界の端にそれをとらえる。

あの弱いガキと猪《いのしし》頭《あたま》がこちらに向かってくる。

「獣《ケダモノ》の呼吸　壱ノ牙《きば》　穿《うが》ち抜《ぬ》き」

「く!!」

猗窩座は体を背後へ引き、自らの両腕を無理やり引き千切ると、思い切り地面を蹴った。

刀を頸に刺したまま背後へ大きく跳躍する。

着地したとたん、そこへ朝日が差し込んできた。皮膚がじりじりと痛み、背筋が粟立《あわだ》つ。

(早く陽光の陰になる所へ……!!)
すばやく両腕を再生させ、木々の生い茂る森へと走る。
木と木の狭い間を走りながら、頸に刺さった刀を引き抜き、投げ捨てる。
(梃子摺《てこず》った! 早く太陽から距離を……!!)
その時、背後に異様な気配を感じた。
肩ごしに振り返ろうとした猗窩座の胸部を黒い刃が貫いた。
「……っ!」
両目を見開いた猗窩座が、刀の飛んできた方向をねめつける。
その先に居たのは——。
「逃げるなぁ! 逃げるな卑怯者!!」
あのガキだった。
あのただ守られるだけだった弱者が叫んでいる。

「逃げるなァ!!」

その瞬間、自分でも驚く程の怒りを感じた。

ビキッ――。

怒りのあまりこめかみに血管が浮き上がる。

(何を言ってるんだあのガキは……脳味噌《のうみそ》が頭に詰まってないのか？　俺は鬼殺隊《おまえら》から逃げていいるんじゃない。太陽から逃げているんだ。それにもう勝負はついてるだろうが。アイツは間もなく力尽きて死ぬ!!)

猗窩座は胸の中でそう吐き捨てると、煮えたぎるような怒りを抱えたまま、陽の光の届かぬ森の奥へ急いだ。

背後でまだあのガキが何事か叫んでいたが、足を止める義理もなければ、意味もなかった。

投げた刀は鬼の胸部に刺さった。

それでも、猗窩座の足を止めることすらできなかった。

だが、なおも炭治郎は叫び続けた。

暗い森の奥へ。そこに逃げ込んで行った鬼へ。

「いつだって鬼殺隊《きさつたい》はお前らに有利な夜の闇の中で戦っているんだ!!」

もう、この声は、猗窩座に届いていないかもしれない。

だとしても、炭治郎はあふれ出る怒りを、悲しみを止めることができなかった。

「生身の人間がだ!! 傷だって簡単には塞がらない!! 失った手足が戻ることもない!!」

脳裏に煉獄の傷だらけの姿が浮かぶ。

左目は潰れ、全身血を流していた。

それでも戦った。一度も引かなかった――。

込み上げてくる思いに拳を握りしめる。

「逃げるな馬鹿野郎!! 馬鹿野郎!! 卑怯者!! お前なんかより煉獄さんの方がずっと凄いんだ!! 強いんだ!! 煉獄さんは負けてない!! 誰も死なせなかった!! 戦い抜いた!! 守り抜いた!! お前の負けだ!! 煉獄さんの勝ちだ!!」

叫び続けたせいですっかり声がかれていた。呼吸も苦しい。

炭治郎はゼイゼイと肩で息をした。

喉と目頭が灼《や》けるように熱い。

「うぅ……っ」

こらえていた涙がポロリと頬《ほお》を伝うと、あとからあとからこぼれ落ちてきた。

「うああああああああああ!!」

きつく噛みしめていた唇から、言葉にすらならない叫びがもれる。止められなかった。

「ああああ!!　あああ!!　わあああああああああ!!」

自分の無力さが悔しかった。

もっと強かったら、柱ぐらい強かったら、煉獄を助けて戦えたのに。みすみす上弦の参を逃がすこともなく、頸を斬ることができたのに。

自分が弱いせいで……。

助けるどころか、仇さえ討つことができない。

とっさに刀を投げるくらいしかできなかった。

そんな自分が情けない。不甲斐ない――。

背後で伊之助が同じ思いに打ち震えている匂いがした。

「うっ……ううっ……うう………」

こらえ切れず、その場に両膝をつく。

泣きじゃくる炭治郎の背中に、

「もうそんなに叫ぶんじゃない」

煉獄がやさしく言う。

顔を上げ振り返ると、煉獄が穏やかな顔でこちらを見つめていた。

「腹の傷が開く……君も軽傷じゃないんだ。竈門《かまど》少年が死んでしまったら俺の負けになってしまうぞ」

幼き者にやさしく教えさとすようなその声は、とてもあたたかかった。

必死に涙をこらえた炭治郎が、かすれた声でその名を呼ぶ。

「煉獄さん……」

「こっちにおいで、最後に少し話をしよう」

炎の柱は静かにそう言った。

炭治郎はゆっくりと立ち上がると、足を引きずりながら煉獄の元へ歩み寄った。

徐々に明るくなっていく空から一羽の鎹《カスガイ》鴉《ガラス》が舞い降りてくる。煉獄のものらしきその鎹鴉は、倒れた車体にとまると、こちらをじっと見つめていた。

「思い出したことがあるんだ……昔の夢を見た時に」

目の前に正座する少年に語りかける。

炭治郎はまだ泣いていた。懸命に涙をこらえようとし、できずにボロボロと涙をこぼしている。

「俺の生家《せいか》煉獄家に行ってみるといい。歴代の炎柱が残した手記があるはずだ。父はよくそれを読んでいたが……俺は読まなかったから内容がわからない」

煉獄はそこで一度、言葉を止めた。

いつの間にか朝になっていたようだ。

差し込む朝日でみぞおちを貫いている猗窩座の腕が崩れ始めた。鬼の肉が塵《ちり》となって消えていく。それによって出血が加速した。

ドクドクと傷口が脈打っている。

これはもう、呼吸を使っても止めることができない。

早く伝えなければと、己の死期を悟った煉獄が言葉を続ける。

「君が言っていたヒノカミ神楽《かぐら》について何か……記されているかもしれない」

「煉……煉獄さん！　もういいですから」

炭治郎が泣きながら言った。

「呼吸で止血してください……傷を塞ぐ方法はないですか？」

「無い」

煉獄は笑顔で応えた。

「俺はもう、すぐに死ぬ」

「っ!!」

炭治郎の顔が悲しみに歪《ゆが》む。そのとなりで伊之助もまた体を震わせた。

「喋《しゃべ》れるうちに喋ってしまうから聞いてくれ。弟の千寿郎には自分の心のまま正しいと思う道を進むように伝えて欲しい。父には体を大切にして欲しいと」

煉獄の胸に弟の笑顔と、父の背中が浮かぶ。

煉獄は一呼吸置くと、

「それから、竈門少年」

と目の前の少年に呼びかけた。

「俺は君の妹を信じる」

「！」

　炭治郎が両目を見開く。

　煉獄は残った目で少年の目を見つめた。今は涙にうるんでいるが、真っ直ぐな澄みきった目だった。強さとやさしさを兼ね備えた者の目だ。

「鬼殺隊の一員として認める。汽車の中であの少女が血を流しながら人間を守るのを見た。命をかけて鬼と闘い、人を守る者は誰が何と言おうと鬼殺隊の一員だ。胸を張って生きろ」

「……うっ……う、う……」

　炭治郎の両目に新たな涙が浮かび上がる。こらえ切れず嗚咽《おえつ》をもらした。

　伊之助が必死に何かをこらえるように、激しく両肩を震わせている。

　煉獄の胸にあたたかなものが満ちる。

　己の最期を看取ってくれるのがこの少年たちで良かったと思う。

　この真っ直ぐな少年たちに、己の想いを託し、明日へとつないでいけることは幸せなことだ。

「己の弱さや不甲斐なさにどれだけ打ちのめされようと、心を燃やせ。歯を喰いしばって前を向け、君が足を止めて蹲《うずくま》っても時間の流れは止まってくれない。共に寄り添って悲しんではくれない。俺がここで死ぬことは気にするな。柱ならば後輩の盾となるのは当然だ。柱ならば誰であっても同じことをする。若い芽は摘ませない」

願わくは、この子たちが力をつけ、悲しみの連鎖を止めてくれんことを――。


「竈門少年、猪頭《いのがしら》少年、黄色い少年、もっともっと成長しろ。そして、今度は君たちが鬼殺隊を支える柱となるのだ。俺は信じる。君たちを信じる」

「う……うう」

炭治郎が片手で顔を押さえる。

声を殺して泣く少年を煉獄はやさしく見やった。

これで伝えたい言葉はすべて伝えた。

やるべきことは……。

意識が次第に遠のいていく。

白くぼやけていく視界の先に人影が見えた。

「——!!」

それに目を見開く。

懐かしいその人物は幼き頃に死んだ母だった。

朝日を背に、母が静かにこちらを見つめている。

(母上、俺はちゃんとやれただろうか。やるべきこと果たすべきことを全うできましたか?)

胸の中で母へ問う。

母はじっと煉獄を見つめると、涼やかな目元をゆるめ、

——立派にできましたよ。

そう言って微笑んでくれた。

煉獄の頬に晴れやかな笑みが浮かぶ。

その笑顔を最後に、炎柱・煉獄杏寿郎は息絶えた。

享年《きょうねん》二十歳。

鬼殺隊の柱として、鬼を滅し、人々を救い続けた生涯であった。

✵

それから程なく、禰豆子《ねずこ》を入れた木箱を背負ってやってきた善逸《ぜんいつ》に、簡単な状況説明をすると、放心したような顔で炎柱の死に顔を見ていたが、やがてぼそりと言った。

「汽車が脱線する時……煉獄さんがいっぱい技を出しててさ、車両の被害を最小限にとどめてくれたんだよな」

「そうだろうな……」

炭治郎が煉獄の前でうなだれたままつぶやく。顔を上げる気力すらなかった。

「死んじゃうなんてそんな……」

善逸は言葉を詰まらせると、視線を煉獄から炭治郎へと移した。

すがるようにたずねてくる。

「ほんとに上弦の鬼が来たのか?」

「うん」

「なんで来んだよ上弦なんか……そんな強いの？　そんなさぁ……」

善逸が声を震わせる。

炭治郎は、また「うん」とだけ応えた。

悔しくて苦しくて悲しくて、自分の弱さが情けなくて、隊服の上から両膝をぎゅっと握りしめる。

「悔しいなぁ……」

絞り出すようにうめいた。

「何か一つできるようになっても、またすぐ目の前に分厚い壁があるんだ。凄い人はもっとずっと先の所で戦っているのに。俺はまだそこに行けない」

ボロボロとこぼれ落ちる涙が炭治郎の視界を歪めた。

善逸も唇を噛みしめ、涙を流している。

「こんな所でつまずいているような俺は……俺は……」

亡き人の穏やかな死に顔に炭治郎が思わず、泣き言をもらす。

「煉獄さんみたいになれるのかなぁ……」

「うっ、うっううっ」

善逸が隊服の袖で顔を覆い、押し殺した声で泣いた。

すると、今まで無言でうつむいていた伊之助が突然、

「弱気なこと言ってんじゃねえ!!」

と叫んだ。

その声にハッとする。

顔を上げると、伊之助は両手の刀をぎゅっと握りしめてこちらを睨んでいた。腕が、肩がわなわなと震えている。

「なれるかなれないかなんて、くだらねぇこと言うんじゃねえ!! 信じると言われたなら、それに応えること以外、考えんじゃねえ!! 死んだ生き物は土に還るだけなんだよ!!」

初めて会った時にも聞かされた言葉なのに、まるで違う。少なくともそこに込められた伊之助の思いは明確に変化している。

猪頭の目玉からボロボロとこぼれだす涙に、上ずったその声に、伊之助の悲しみが口惜しさがひしひしと伝わってきて、炭治郎をさらに泣かせた。

「べそべそしたって戻ってきやしねえんだよ!! 悔しくても泣くんじゃねえ!! どんなに惨めでも恥ずかしくても生きてかなきゃならねぇんだぞ!!」

伊之助が刀を振り上げる。

「お前も泣いてるじゃん……かぶり物からあふれるくらい涙出てるし」

善逸が泣きながら指摘すると、

「俺は泣いてねぇ!!」

伊之助が号泣しながら善逸の額に頭突きした。

「あがっ……」

善逸がその場に倒れる。

「わああああああああっ!!」

大声でわめいた伊之助が泣きながら刀を振り回す。

「うわあああああああああ!!」

「うっ……うう」

闇雲に宙を斬る友の姿に、炭治郎がこらえ切れず嗚咽《おえつ》をもらす。

すると伊之助が泣きながら駆け寄ってきた。

「こっち来い、修業だ!!」

と炭治郎の羽織を引っ張る。

ひきずる伊之助もひきずられる炭治郎もどちらも泣いていた。

「わあああああああん!!」

伊之助が幼い子供のように炭治郎を叩く。自分でもどうすることもできない思いをぶつ

けるように——。

そんな光景をはるか上空から見下ろしながら、鎹鴉が静かに飛び立っていった。

終章

煉獄《れんごく》の訃報はそれぞれの鎹《カスガイ》鴉《ガラス》を介して、直ちに産屋《うぶや》敷《しき》と柱《はしら》たちへ伝えられた。

蟲柱《むしばしら》・胡蝶《こちょう》しのぶは継子《つぐこ》のカナヲとともに、町中でその報《しら》せを聞いた。

「そうですか。煉獄さんが……」

茶屋の軒先でその訃報を受けた恋柱《こいばしら》・甘露寺《かんろじ》蜜璃《みつり》は、思わず口を覆った。

竹林を歩いていた霞柱《かすみばしら》・時透無《ときとうむ》一郎《いちろう》は、鎹鴉の報告にも表情を変えることなく歩き去った。

「上弦《じょうげん》の鬼には煉獄でさえ負けるのか」

任務でとある場所に潜伏中の音柱《おとばしら》・宇《う》髄天元《ずいてんげん》は、険しい表情で両目を細めた。

屋根の上で訃報を聞かされた蛇柱《へびばしら》・伊黒小芭内《いぐろおばない》は、風に髪を弄《いじ》られながら、

「俺は信じない」

そうつぶやいた。

岩柱《いわばしら》・悲鳴嶼行冥《ひめじまぎょうめい》は森の中で玄弥《げんや》とともに訃報を聞き、そっと両手を合わせた。

「南無阿弥陀仏《なむあみだぶつ》……」

風柱《かぜばしら》・不死川実弥《しなずがわさねみ》は修業中にその報せを受け、

「醜い鬼共は俺が殲滅《せんめつ》する」

と鬼への殺意を滾《たぎ》らせた。

屋敷から出てきた水柱《みずばしら》・冨岡義勇《とみおかぎゆう》は、肩の上に止まった鎹鴉から報せを聞き、

「そうか」

と短くつぶやいた。

藤の花が咲き乱れる産屋敷邸の庭で、産屋敷耀哉《かがや》は妻と子供を伴い、炎柱《えんばしら》・煉獄 杏寿《きょうじゅ》郎《ろう》の死を悼《いた》んだ。

「二百人の乗客は一人として死ななかったか……杏寿郎は頑張ったんだね。凄《すご》い子だ」

耀哉はそう言うと、深い慈しみに満ちた声で、亡き愛《いと》し子に語りかけた。

寂しくはないよ、と——。

「私ももう長くは生きられない。近いうちに杏寿郎や皆のいる……黄泉《よみ》の国へ行くだろうから……」

己《おの》が未来を予言するかのようにささやくと、鬼殺隊《きさつたい》の長はそっと両目を細めた。

「煉獄さん……」

泣きながらその名を呼ぶと、体の底から悲しみがこみ上げてきて、ボロボロと崩れ落ちていきそうな気がした。炭治郎は隊服の上から己の心臓をつかんだ。

心を燃やせ。
歯を喰《く》いしばって前を向け。

胸を張って生きろ。

そう言ってくれた、誰よりも強くやさしい剣士の笑顔を思い出し、震える右手にぐっと力を込める。

「煉獄さん…………煉獄さん……」

己の胸に刻みつけるように、何度も何度も亡き人の名を繰り返す。
その頰を流れる涙が止まることはなく、心は未《いま》だ、自らの弱さと不甲斐なさに打ちのめされたままだった。

それでも、そこには彼《か》の人が遺してくれた炎が、確かに灯っていた。

■初出　劇場版　鬼滅の刃　無限列車編　ノベライズ　書き下ろし
この作品は、2020年10月公開の映画「劇場版　『鬼滅の刃』　無限列車編」（脚本：ufotable）をノベライズしたものです。

劇場版 鬼滅の刃 無限列車編 ノベライズ

2020年10月21日　第1刷発行

原　作／吾峠呼世晴
小　説／矢島綾
脚　本／ufotable

装　丁／阿部亮爾　松本由貴［バナナグローブスタジオ］
編集協力／中本良之　株式会社ナート
編集人／千葉佳余
発行者／北畠輝幸
発行所／株式会社　集英社
〒101-8050　東京都千代田区一ツ橋 2-5-10
TEL　03-3230-6297（編集部）
03-3230-6080（読者係）
03-3230-6393（販売部・書店専用）
印刷所／凸版印刷株式会社

Printed in Jpapan ISBN978-4-08-703503-2　C0293　検印廃止

守るため
振るえ、
滅私の刃。
時は大正。
竈門《かまど》炭《たん》治《じ》郎《ろう》は鬼となった
妹・禰《ね》豆《ず》子《こ》のため、
家族を奪った鬼を討つため、
刃を取る。
ジャンプ コミックス
鬼滅の刃シリーズ
絶賛発売中!! 吾《ご》峠《とうげ》呼《こ》世《よ》晴《はる》
TVアニメ情報は公式HPで!!
URL ▸▸▸ https://kimetsu.com/

JUMP j BOOKS：http://j-books.shueisha.co.jp/

本書のご意見・ご感想はこちらまで！

http://j-books.shueisha.co.jp/enquete/